悪役好きの俺、推しキャラに転生
～ゲーム序盤に主人公に殺される推しに転生したので、
俺だけ知ってるゲーム知識で破滅フラグを潰してたら悪役達の帝王になってた件～
高野ケイ | illust.✦kodamazon

ヴァイス
ゲーム序盤で倒される
「悪役領主」……に、日本から
転生してきた少年の精神が
入り込んだ存在。
ロザリア
ヴァイスに心酔するメイド。
非常に忠誠心が高く何事も
ヴァイスを第一に考える。

アイギス
やがて暴虐の限りを尽くすことに
なる「鮮血の悪役令嬢」。周囲の
人間に裏切られ続け信じる心を
失っている。
アステシア
邪教に取り込まれ「冷酷なる偽聖
女」となる少女。理由なく他人に
忌避されるという呪いを受け、
孤独に苛まれている。

CONTENTS

I like villains,
so I reincarnated as one.

悪役好きの俺、推しキャラに転生

~ゲーム序盤に主人公に殺される
推しに転生したので、俺だけ知ってる
ゲーム知識で破滅フラグを潰してたら
悪役達の帝王になってた件~

✦✦✦

高野ケイ | illust. ✦ kodamazon

I like villains,
so I reincarnated as one.

プロローグ

「ヴァイス様、ヴァイス様ご無事ですか!!　絶対目を覚ましてくださいね……あなたが死んだら私は……」

「まったく……領民に刺されるなんて……まあ、この馬鹿領主のせいで治安は悪くなるし、税は上がってるから当然の報いだとは思うけど……」

聞こえてくるのは二人の女性の声だ。一人は心配をしてくれているのはわかるが、もう片方はの女性はむしろざまぁみろといった感じでぼやいている。まあ、話を聞いている限り、ここの領主はクソなんだろうなっていうのはわかる。

問題は……ここって日本だよね？　ヴァイスって誰だよ。外人の名前じゃん。そもそも領主って……まるでゲームじゃ……。

「メグ!!　主が傷で苦しんでいるんですよ。その言い方はあんまりじゃないでしょうか？　ここはいいですから、急いで痛み止めのポーションと代えの包帯を持ってきてください」

「全くロザリアはいい子すぎるよ。こいつの専任メイドなんてやってて……殴られたりもしたんでしょう？　なのに……」

「いいから無駄口を叩《たた》いていないで早く行ってください!!」

「もう、わかったってば……こんな領主のどこがいいんだか……」

その言葉と共に誰かが外へと出たのだろう、扉の開く音がした。

まあ、そんなことはいい。メグにロザリアにヴァイスだと……？　俺は聞き覚えのある名前に驚いて体を動かそうとすると、腹部に激痛が走った。

いってぇぇぇぇぇぇ!!　何だこれぇぇぇ!?

聞こえてきた領主が刺されたという二人の会話……俺の腹の激痛……そして、ヴァイスという名前……そこから導かれる答えは……。

「よっしゃあああああ、異世界転生きたぁぁぁぁ!!　誰か鏡を持ってきてくれないか!!」

俺が痛みを我慢しながら目を見開いて起き上がろうとすると、ちょうど俺の様子を見ようとした水色の髪の少女と頭と頭がぶつかり、ゴチンという音と共に今度は頭部に激痛が走った。

「きゃぁぁぁぁぁ!?」

「にぎゃぁぁぁ、頭が割れるように痛いぃぃぃぃー!!」

あまりの衝撃に思わず悲鳴をあげてしまった。

「ヴァイス様……大丈夫でしょうか？　手鏡ならありますが……」

そう言うと頭をおさえているメイド……ロザリアが俺にそっと鏡を差し出してくる。自分も頭が痛いだろうにこちらを心配してくれているようだ。

先ほどの言動といい、まったく……この子の忠誠心は素晴らしいよな。だからこそ、ゲーム

での彼女の末路を思い出すと暗い感情に支配されそうになるが、ぐっとこらえる。

「ああ、ありがとう、ロザリア」

「え？」

俺がお礼を言って手鏡を受け取ると、なぜかロザリアが驚愕《きょうがく》の表情で固まる。

いったいどうしたんだ？　俺なんかやっちゃいました？

「ヴァイス様がお礼を言った……」

ああ、そうか……やはりこの時期のヴァイスなんだな……お礼を言っただけで、この反応というこ とで俺は色々と察してしまう……そして、俺は鏡に映った自分の姿を見て先ほどまで考えていた推論が正しかったと確信する。

短く整えられた黒い髪に、本来はそれなりに整った顔のはずなのに、頬はげっそりとしてどことなく病的な容姿、ゲームに登場する姿と比べるとまだ幼いが、俺の知っているヴァイスで間違いないだろう。

そしてここがゲームの世界ならできるはずだ。

俺は指をパチンと鳴らして宣言する。

「ステータスオープン」

ヴァイス＝ハミルトン

職業　領主
通り名　無能悪徳領主
民衆の忠誠度　10

武力　40（38）
魔力　40
技術　20

スキル
闇魔法　LV1
剣術　LV1

バッドステータス

軽度のアルコール依存症
　定期的にアルコールを摂取しなければ集中力がダウンする。魔法使用時に威力の低下。
栄養失調
　暴飲暴食によって、健康状態が悪化している。武力がステータスから2引かれる。
異世界の住人
　異世界からの来訪者であるため、この世界特有の文化に関して不慣れ。魔法などの理解度がダウン。

ユニークスキル
推しへの盲信（リープ オブ フェース）
　効果？？？？

うわぁ……バッドステータスばかりである。初期のステータスこそ、敵キャラだからだろう平均30の主人公よりも高いが、色々とひどいな。

ちなみに武力は接近戦での戦闘力、魔力は魔法を使った時の威力などに影響して、技術はスキルを習得したり、その成功率をあげたりなどに影響する。

だが、これで俺は確信する。

この世界は俺のやっていたシミュレーションRPG『ヴァルハラタクティクス』か、それを元に作られた異世界なのだろう。そして、ヴァイスは主人公にとって序盤の敵だ。

主人公は彼を倒し、圧政に苦しむ領民を助け、それがきっかけで英雄への道が切り開かれる。つまりヴァイスは、序盤の踏み台となる人物なのだ。

ヴァイスの圧政を打倒した主人公達は、領民に涙を流して感謝され忠誠を誓われる。一方ヴァイスは、なんとか主人公達から逃げ出すものの、結局領民に見つかりリンチされ処刑されるという哀れな末路をたどるのである。

なんで俺が破滅フラグ満載のヴァイスに転生したのかはわからない……だけど……もしも、神様がいたら俺はこう言うだろう……。

『推しに転生させてくれてありがとぉぉぉぉぉぉぉぉ!!』

なんらかの手を打たなければ数年後に俺は民衆にリンチされるだろう。だが、そんなことはどうでもいい。だって、俺がそんなことはさせないから……自分の心の中に熱いものがこみ上げる。だって、俺の手で推しを救うことができるのだ。

何度二次創作や妄想で彼を救う話を考えたか!! 設定資料集まで買っていた俺は、彼がこうなったのには色々な事情があったことを知っている。俺と彼の境遇は似ており、調べていくうちに俺は完全に彼にはまったのである。俺が近くにいたら絶対彼を救ってみせるのに……そう思い続けていたのだ。

「クックック、はっはっはっはー!! これがヴァイスの匂い!! ヴァイスの顔《かお》!! そう、俺がガンダム……じゃなかった。ヴァイスだ!!」

俺は興奮のあまり腹部の痛みも忘れて、自分の匂いを嗅いで、再度鏡を見て顔を確認し、興奮する。さっすが貴族!! 今は不健康そうだけどイケメンだね!!

そして、硬い表情で笑顔を浮かべているロザリアの手を取る。

「ロザリア……これまで辛《つら》い思いをさせて悪かったな。一緒にヴァイスを救おうじゃないか!!」

「ひぃ……」

俺が喜びの笑いかけるとロザリアがドン引いた声をあげた。やっべえ、今は俺がヴァイスだったわ。そりゃあ、いきなり指パッチンして「ステータスオープン」とか言ったり、笑いだしたり、変なことを言いだしたらそんな顔もするわ。

「だれかぁぁぁぁぁぁ、ヴァイス様の頭がおかしくなった……いや、元からおかしかったです俺は悲鳴をあげて部屋を出て行くロザリアを止めようとしたが、刺された腹の傷が痛んで、ベッドの上で悶《もだ》えることしかできなかった。

「ちょっと言いすぎじゃない!? てか、話を聞いてくれぇぇぇ。うぐぉぉぉ……」

けど!!」

『お前に……なにができるんだよ……クソみたいな俺の状況じゃあだれだって……』

なにか声が聞こえた気がしたが、俺の意識はそのまま深く沈むのであった。

一章　悪役領主ヴァイス

「やっぱりないかぁ……ヴァイスの救出ルート……」

俺はパソコンを目の前にして頭を抱える。今回のゲームのアップデートでも期待したが、俺の望んだ機能は実装されていないようだ。

俺が今はまっているのは『ヴァルハラタクティクス』というシミュレーションＲＰＧである。神々に導かれた主人公が、邪神によって支配された帝国を救うという王道ファンタジーで個性的なキャラが多く人気のゲームである。

特に敵キャラもかなり魅力的で『鮮血《せんけつ》の悪役令嬢《あくやくれいじょう》アイギス』『冷酷《れいこく》なる偽聖女《ぎせいじょ》アステシア』などはメインヒロインよりも人気があるくらいである。

また、選択肢によっては民衆の忠誠度が上下して、あまりに低いと命令違反や反乱などがおきる。だからといって、ただ上げればいいというわけでもなく、低い状態じゃないと仲間にならないキャラもいたりするから、色々とやりこみ要素もあったりとなかなか難しい。

ネットでは『死んで覚えるＳＲＰＧ』とまで呼ばれているのだ。

そんな中、俺はこのゲームの悪役であり、最初に倒されるヴァイスというキャラを推しているのである。

「こいつは確かに、最初にやられるかませ犬みたいなキャラなんだけどさ、それだけじゃないんだよなぁ……」

主人公のパーティーにいるヒロインの一人、天才魔法使い少女の兄であり、その子と比べられ続けてきたコンプレックスで歪《ゆが》んでしまったかわいそうな男なのである。ストーリーではあまり深堀《ふかぼ》りされないためネットでは『顔はいいけど、性根の腐った踏み台貴族』などと呼ばれているのだ。

だけど、俺もさ……優秀な妹がいるからわかるよ……比べられるのってきついよな……自暴自棄になっていた時期の自分と重なり、感情移入してしまい、今では彼の同人誌を漁《あさ》ったり、彼が救われる二次創作の小説などを読んで、俺だったらこうやって救うのに……と自分でも妄想にふけっているのである。

誰でもあるだろ、俺だったら原作で悲惨な死を送ったキャラをこうやって救うのに……って考えることがさ。それが俺にとってのヴァイスなんだよ。俺はこういうかませキャラが好きなんだよな。

アーサー王などの英雄を召喚するゲームではワカメが好きだし、水星のウィッチではグエル先輩が好きだったりする。

「俺だったら絶対こいつを幸せにしてやれるのにな……」

『じゃあ、君がなってみるかい、彼を救ってみせてよ』

「え？」

ここには俺しかいないはずだ。あたりを見回すがやはり気のせいだったようだ。

ゲームをやりすぎたからか急に眠くなってきた。

ベッドに横たわるとまたあの声が脳内に響く。

『ああ、特別に君に面白いスキルをあげるよ。うまく使えるかどうかは君次第だけどね……場合によっては、役に立つだろう。君が決められた盤面をおもしろくしてくれることを願うよ』

そのまま、俺の意識は暗闇につつまれるのだった。


そして、よくわからんがヴァイスに転生した俺は今執務室にいる。

怪我は、あのあとメグが持ってきてくれたポーションが効いて無事回復したが、それ以外の状況はかなりまずい。バッドステータスも色々やばいが、特にやばいのは民衆の忠誠度である。ちなみに忠誠心は100がマックスで、10というのはかなりやばい。これが0になると民衆による反乱が起きてゲームオーバーになるのが確定しているのだ。

あと一回なんかやらかしたら死ぬやんけ!!　ヴァイスの護衛がちゃんと働かなかったのもヴァイスへの忠誠心が低いからだろう。

その証拠に見舞客もろくに来なかったし、せいぜい親友とやらから、たこの足みたいな触手《しょくしゅ》花《ばな》が送られてきたくらいである。いや、これなんだよ。マジでキモいんだけど!!　嫌がらせかな？

「しかも、それだけじゃないんだよなぁぁぁぁ!!」

執務室でロザリアに頼んで集めてきてもらった資料を見ながら頭を抱える。税収がすごい下がっているし、治安も悪化しているせいか、領地内での犯罪も増えているようだ。

しかも、ヴァイスの両親が事故で死んで、彼が領主になってから一気に悪化しているのだ。やばくない？　これってつんでない？　なんか絶望感しかわかなくなってきたんだが……とか浅いことを普通の人間だったら思うんだろうなぁ!!

「そう……なぜなら俺は転生者である。ヴァイスよ、任せとけ!!　お前を救うためにはどうすればいいかを妄想してきた俺の人生は無駄じゃなかったってところを見せてやるよ!!　俺だけが知っているゲーム知識でなんとかしてやるぜ。俺がこの世界の皆にお前の素晴らしさを布教してやるからな、これもまた推し活だぜ!!」

「ヴァイス様……その……、料理を持ってきましたがいかがいましょうか？」

ノックの音と共に入ってきたのは、料理の載ったワゴンを押しているロザリアだった。やっべえ、気づかなかったわ。俺が決めポーズをしながら独り言をつぶやいているところを見られてしまった。むっちゃ恥ずかしい……。

沈黙の中、鉄板の上に載せられた肉はまだまだジュージューと音を立てており食欲をそそる。

他には白パンやサラダ、スープなどもあり、フルコースである。腐っても貴族ってことだろう。

「ありがとう、さっそく食べるぞ!! 美味《おい》しそうだなー」

「え……？ 口をつけていただけるのですか？ 嬉《うれ》しいです」

俺が空腹を誤魔化すようにお礼を言うと、彼女はなぜか一瞬驚いた顔をしたあとに、満面の笑みを浮かべて配膳を始めた。

ああ、そうだ……今のヴァイスは両親が事故で亡くなって、領主になったはいいものの全てが上手《うま》くいかずやさぐれている時なのだ。でも、それじゃあ、ダメだ。お前が辛いのはわかるけどさ……これから先、生き延びるにはまずは飯を食って体力をつけなきゃいけないんだ。

「では、いただきます」

俺がステーキにナイフを入れると肉汁が溢《あふ》れてくる。そして、フォークで口に入れると旨味《うまみ》が広がる。やっべええ、前世では食べたことのないような味なんだけど!! むっちゃうまいし、柔らかい。そういえばヴァイスになってから初めてのちゃんとした食事だったな。怪我の治療中はくそまずいポーションや、やべえ匂いの薬草の入ったスープばっかりだったし、彼の部屋には酒とつまみくらいしかなかったんだよな。

食事に夢中になっていた俺だったが、さっきからずっとこちらを見つめてニコニコと笑っているロザリアを見て、声をかける。

「あの……ロザリア……」

「はい、なんでしょうか？　ヴァイス様……あ、気が利かなくて申し訳ありません!!」

そう言うとなぜか彼女はこちらに近付いて、ポケットから取り出したハンカチで俺の口を優しく拭いた。彼女の甘い匂いが一瞬鼻孔をくすぐる。

こんな美少女にお世話をしてもらえるなんて領主最高!!　じゃなかった……。

「その……そんな風にじっくりと見つめられているとなんだか、落ち着かないんだけど!?」

まあ、イケメンだからな。気持ちはわかるよ。

「すいません……つい……それでヴァイス様、ご飯は美味しいですか？」

「ああ、無茶苦茶美味《うま》いよ。こんなものを毎日食べれるなんて幸せだなって思うくらいだ」

「うふふ、やっと食べてくださったうえにそんな風に言っていただけると嬉しいです。頑張って料理をした甲斐《かい》がありますね。ほんとうに……よかったです……」

そう言うと彼女はなぜか、「えへへ」と笑いながら俺を見つめたままぽろぽろと涙を流し始めた。え？　いきなりどうしたんだよ？

「ああ、ごめんなさい……ヴァイス様の前でこんな姿を……」

「いや、そんなことはいいから。一体何で泣いて……」

「それはその……半年前に前領主様がお亡くなりになって、領主を任されてから、ヴァイス様はすっかり元気をなくされたじゃないですか……それに、それ以来、食事もろくにされていなかったので心配だったんです。やっと食べてくださった上に、美味しいって言ってくださったのが嬉しくって……すいません、ご両親を失って、領主として慣れない仕事をして色々と大変なのに私がこんな風に泣いたら迷惑ですよね」

「ロザリア……ううん……こんな俺を心配してくれてありがとう」

俺が泣き崩れる彼女の頭をつい撫《な》でると、彼女は一瞬びくっとした後に俺の胸に顔をうずめながらそのまま嗚咽《おえつ》を漏らす。

ロザリアは本気でヴァイスのことを心配してくれているのだろう。彼女の忠誠心は本物である。それは俺が目を覚ます前の会話でもわかるし、ゲームでの最期でもわかる。彼女はヴァイスと共に主人公と敵対して敗れるも、自分はヴァイスが逃げる時間を稼いで、屋敷《やしき》を爆発させて死ぬのだ。

敗戦が濃厚になり部下がどんどん去っていく中、彼女だけは最後までヴァイスを守ろうとするのである。彼女がなんでそこまで彼に忠誠を誓っていたのかはわからない。きっと彼と彼女にだけの物語があったのだろう。つまり彼女は俺と同じヴァイス推しの同志である。

そして俺は……そんな風にヴァイスを守ろうとした彼女にそんな最期を迎えてほしくはない。そのためには色々とできることをやらないとな……。

「今まで心配させて悪かった。これからはちゃんと領主として頑張ろうと思うんだ。だから、こんな俺を支えてくれるかな？」

「はい、もちろんです!!　その……すいません、たかが使用人なのにヴァイス様に泣きついてしまうなんて……」

「いや、それはちょっと俺が調子に乗りました。すいません」

気恥しくなった俺達は頬を赤く染めながら少し距離をおく。

やはり俺の考察通りだ……ゲームや資料集では明かされていなかったが、ヴァイス自体が大きく歪んだのは両親の死と、急遽《きゅうきょ》領主になり失敗を繰り返したせいなのだろう。

くっそ優秀な妹へのコンプレックスや、引継ぎもなしに領主の仕事を任されたことなど色々と重なった結果、パンクしてしまいやさぐれてしまったのだ。だが、彼女の言葉いわくヴァイスが領主になってまだ半年しかたっていないのだ。これならばなんとか挽回《ばんかい》できるだろう。違う……挽回するために俺はヴァイスになったのだ。

やることはたくさんある。体力をつけたり、民衆の忠誠度をあげたり、領地を改善したり。そして、ヴァイスのただ一つの特技である魔法の強化も必要だろう。このままでは戦場に出ても速攻殺されるだろうからな。

やることは山積みであり、普通だったら頭をかかえるだろう。

だけど……推しキャラを救うことができるなら苦にはならないぜ!!

そんな風にこれからのことを考えていた時だった。ドアが乱暴に開けられ、恰幅《かっぷく》の良《い》い男性とその護衛らしき男が入ってくる。なんだこいつら？　てか、領主の部屋に勝手に入ってくるとか失礼すぎだろ。

「グスタフ様、ヴァイス様は怪我が治ったばかりで、お取次ぎができないと申し上げたはずですが……」

「ふむ、確かにそれは聞きましたが、ヴァイス様には今どうしても話をしておかなればと思いましてな。むしろ、善意で来ているのですから感謝してほしいくらいですぞ」

「感謝か……わざわざ一体なんなんだ？」

俺が怪訝《けげん》な顔をするとグスタフと呼ばれた男は、にやりと厭《いや》らしく笑い、護衛に合図をすると彼は俺の机に一枚の紙を置いた。

そして、俺はその内容を見て絶句する。

「領主様が我が商会から領地を担保に借りた金を返していただきたいのです。もちろん、現物でも構いませんが期日の明日までに払えますかな？」

「ロザリア……うちの蓄えは……」

「その……飢饉《ききん》に見舞われたり、色々とありましてほとんどすっからかんです」

「え？　じゃあ、この豪華な料理は……」

「ヴァイス様に元気になってほしかったので、その……私の貯金から……」

グスタフに聞こえないように俺がひそひそとロザリアに聞くと、予想外の答えが返ってきた。

いやいや、どうすんだよ、借金の額も相当やばいし、何よりも期日が明日って詰んでるだろ……。

てか、ロザリアが天使すぎて頭が上がらないんだが……なんでヴァイスはこんな子がいるのにぐれたんだよぉぉぉぉぉ。

「その……大変申し訳ないのだが、もう少し返済の期限を延ばしてはもらえないだろうか。近いうちに必ず払う」

「そう言われましてもこちらも商売ですからな。この通り証文もありますし……」

「そこをなんとか……」

「うむ……そうですな……」

俺が下手に出ているとグスタフはニヤリとした笑みを浮かべて、嘗《な》め回すようにしてロザリアを見つめる。その視線にイヤなものを感じる。

「そちらのメイドを一晩貸していただければ返済の期限を延ばしましょう。悪い話ではないでしょう」

「なっ」

予想通りの言葉だったが、俺は目の前の男にすさまじい嫌悪感を感じる。ロザリアは人間であって物ではないというのに……そして、それと同時に俺の心の中から激しい怒りの感情が湧いた。

この感情は俺だけのものではないだろう……そうだよな……彼女はヴァイスにとっても大事な存在なのだ。この二人の関係はロザリアの一方通行ではない。ヴァイスもまたロザリアを信用し、大事に想《おも》っていたのだから。

「……わかりました。ヴァイス様のためならこの身を……」

「ふふ、賢いメイドで話が早いですな」

グスタフがロザリアに触れよう手を伸ばしたところに俺は割って入り彼女を守るようにして立ちふさがった。邪魔をされたグスタフの表情にいら立ちが交じる。

「ヴァイス様……？」

「悪いが、それはできん。彼女に理不尽なことをさせるのを許すわけにはいかないな」

「ほう……それではしかたありませんな。明日までに耳をそろえて返してもらいますぞ。行くぞ!!」

そういうとグスタフはドスドスと己の不機嫌さを隠さずに、大きな足音を立てて出て行き、護衛も慌てて追いかけていった。

その後ろ姿を見ながらふぅぅーーと俺は大きく深呼吸をする。すっげえ緊張したぁぁぁ。怖かったよう。あのエロ親父《おやじ》マジでキレてるんだもん。

領主なんだから商人に言い負かされるなよって思うかもしれないが、こちらが下手《へた》に強く出て民衆の忠誠度が下ればゲームオーバーになるだろうから迂闊《うかつ》なこともできないのだ。

「ヴァイス様どうしてですか？　私が犠牲になれば……」

「ロザリアそれはなしだ。今後も自分を何よりも大事にしてくれ」

ロザリアの言葉を遮って強く言い聞かせる。そんなことは誰も望んでいないのだ。俺はもちろん、ヴァイスだってそうだ。

「ですがそれではヴァイス様が……」

「俺にとっては領主の座も大事だけど、ロザリアが傍《そば》にいてくれることがそれ以上に大事なんだよ」

「ヴァイス様……」

俺の言葉にロザリアが信じられないとばかりに目を見開いた。ああ、そうだよな……ヴァイスは彼女を大事に想っていたが、気恥ずかしくて素直に言えなかったんだ。

そして、そのせいで、ロザリアは自分がどれだけヴァイスに想われているか知らなかったから自らを犠牲にしてでも……なんて思ってしまうのだ。それじゃあ、だめなんだ。

だから俺は素直にガンガン行くぜ!!

「その……お気持ちは嬉しいですが……あんな大金をどうやって用意するんですか？　しかも明日までに……家宝や隠し財産でもないと無理ですよ。ほとんどのお金を使ってしまっているんですよ」

「大丈夫だ、俺がなんとかするよ。秘策があるからな」

心配そうにこちらを見つめるロザリアに俺は笑顔で答える。なんで俺がヴァイスになったのかはわからない。だけど……きっとこのために変わったのだろう。

あのまま、ロザリアを売って返済までの時間を稼ぐなんて選択肢はなかった。だって、そんなことをしたらロザリアはもちろん、ヴァイスだって悲しむに決まっている。俺は推しに幸せになってほしいのだ。

「ちょっと調べ物をしてくるよ」

そして、俺にはゲームの知識がある。ヴァイスが知らなかったこの屋敷の秘密だって知っているのだ。とりあえずはゲームの知識と相違がないか確かめることが先決である。ゲームと同じならば、借金を返してもおつりがくるくらいのお金が手に入るはずだ。

ヴァイスの家……ハミルトン家はそこそこ歴史のある貴族だ。屋敷も古いがその分立派であり、隠し通路がある。そして、そこには先祖の隠し財宝も存在する。ただその存在は代々領主にのみ知らされているのだ。

ゲームではヴァイスの義妹にして、メインヒロインの一人であるフィリスが隠し通路の存在を知っていて、ヴァイスを倒すために隠し通路から侵入する時に、レア装備と共に隠し財産を発見して、主人公達が領地運営をする際の軍資金になるのである。これだけ金に困っているのにヴァイスが手をつけなかったのは、その存在を知らなかったからだろう。

「全く優れた妹を持つと苦労するよな……」

俺は自虐的に笑いながら剣とレザーアーマーを装備して、待ち合わせの場所へと向かう。この胸の疼《うず》きは俺のものだ。俺も前世では優れた妹の存在に頭を悩ませたものだ。同じ悩みを持っていたのも俺がヴァイスを推す理由の一つである。

ちなみに俺が武装しているのは、隠し通路はあまりに使われなかったため、魔物の巣になっているからである。ロザリアに言って信用できる兵士を集めさせているので問題はないだろう。これで借金も返せるはずだ。

と思っていたのだが……。

「あれぇぇぇぇ？　ちょっと人望なさすぎじゃない」

待ち合わせ場所には誰もいなかった。いや、正確に言うとロザリアしかいなかったのだ。俺はあまりの状況に思わず情けない声を上げてしまった。これ、どうすりゃいいんだ？

「なあ、ロザリア……まさか、俺が信用できる兵士って誰もいないのか……」

「その……ヴァイス様は誤解されやすい性格ですし、最近は荒れてらしたので……」

「いないってことかよぉぉぉぉぉ、どんだけ人望が無いんだよ!?」

さすが民衆の忠誠度10は伊達《だて》じゃないぜ!!　正直ギリギリだから、迂闊なことはできないっていうのに……。

「正確には一人いるのですが、彼は今忙しくて……それに、ヴァイス様には私がいるじゃないですか」

そう言ってロザリアはどや顔で胸を張った。そのせいか一瞬形の良い胸が揺れる。目で追ってしまったのは仕方ないだろう。

「いや、ロザリアが信用できるっていうのはわかっているけどさ……この先は戦いなんだぜ……いや、待てよ」

俺はゲームの時のことを思い出す。ヴァイスを倒す際にロザリアとも戦うのだが、魔法と槍《やり》を使ってきて苦戦をした記憶はある。てか、序盤の敵なのに無茶苦茶強かったんだよな……ああ、そうだ……ゲームのようにステータスがわかるならもしかしたら……。

「ちょっと悪い……」

「え？　ヴァイス様？　いくら寂しいからって……ああ、でも……ヴァイス様が望むなら……」

俺はなぜか顔を真っ赤にしているロザリアの肩をつかんでじっと見つめる。すると、なぜか彼女は目をつぶった。一体どうしたのだろうか？　よくわからないがチャンスとばかりに俺は彼女のステータスを覗《のぞ》く。ゲームではカーソルをあわせればキャラのステータスがある程度わかったのだが……。

ロザリア

職業　メイド
通り名　殺戮《さつりく》の冷姫《れいき》
主への忠誠度　100
好感度　100

武力　60
魔力　80
知力　62

スキル
氷魔法　ＬＶ3
上級槍術《そうじゅつ》　ＬＶ3

ユニークスキル

主への献身　LV3
主人のために戦う時、ステータスが30%アップ
ヴァイスのメイド。かつて命を救ってもらったことに恩を感じて、彼のことを自分よりも大切に想い、彼の幸せを願っている。

いやいや、ステータス高!?　なにこれ、敵キャラだからって適当に設定しただろ？　てか、殺戮の冷姫ってなんだよ。過去に絶対なんかあるじゃん。こんな重要っぽいキャラだったの？　どうりで序盤なのにくっそ苦戦したわけだわ。だけど、これならいける。彼女がいれば隠し通路に巣くう魔物だって倒せるだろう。

まあ、ヴァイスもだが、敵キャラだからこそ主人公達よりもステータスは高いのは当たり前かもしれないな。

「むう……」

「え、どうしたの？　すっごい不満そうな顔をしているけど……」

「なんでもないです!!　でも、ヴァイス様が元気になってよかったです」

俺がステータスを見て驚いていると、なぜかジトーとした目で見ていた彼女だったが、ふっと嬉しそうに微笑《ほほえ》んだ。

「ヴァイス様のことは私が絶対守ります。だから安心してくださいね!!」

そうして、俺とロザリアは一緒に隠し通路に入ることにしたのだった。


「こんな所があったなんて……何年も屋敷で働いていたのに全然知りませんでした」

「そりゃあな、ここは代々領主しか知らない道だからな」

屋敷にある地下書庫に隠された扉を抜けて俺達は一緒に歩いていた。長く使われていなかったからだろうどこかカビ臭い。

「ヴァイス様が知っているっていうことは、先代様に領主として認められていたのですね、嬉しいです!!」

「いやあ、ははは……」

俺の言葉を聞いて自分のことのように喜ぶロザリアを見て、苦笑することしかできなかった。

これは単にゲームの知識として知っているだけにすぎない。そして、この通路を知っていたのはヴァイスではなく、その義妹のフィリスだったのだ……つまりそういうことなのだ……だからこそ俺はヴァイスを認めてあげたい。彼は領主に選ばれたわけではなかったが、それでも一生懸命だったのだから……。

今回の借金も、全て民のためにとあれこれ考えた結果である。彼は領地を発展させようと色々な事業に手を出したのだ。だが、どれも失敗に終わった。本来の後継者ではなかった彼は、父から受け継ぐはずの人脈も得ることはできなかったし、ゲームの主人公のように知識や経験が豊富な仲間に運よく巡り合う機会にも恵まれなかったのだ。

一生懸命頑張ったのにそれが報われないのはきついよな……ヴァイス……。

俺は自分の心に語り掛ける。期待されないというのは辛いし、頑張っても見てもらえないのも辛いものだ。だから、俺は……俺だけは彼の頑張りを認めてあげたいのだ。まあ、ちゃんとロザリアっていう理解者はいたみたいだけどな。

「どうしました、ヴァイス様」

「いやぁ、ロザリアは本当に頼りになるなって思って……メイドもやってくれて、俺の護衛もやってくれるなんて……君がいなかったら俺はどうなっていただろうか？」

「もう、何を言っているんですか。私はヴァイス様の専属メイドなんですからそんなことは当たり前ですよ。私はヴァイス様はすごい人だってちゃんと知ってますから。あ、そろそろ、魔物と遭遇しそうなので私の後ろに隠れてくださいね」

嬉しそうにニコニコしていたロザリアだったが、通路の奥を見つめると真顔に戻って槍を構える。確かに何かの気配がする。

ここにいる魔物はビッグラットという巨大鼠《ビッグラット》である。ゲームの序盤に出てくる魔物だということもあり、あまり攻撃力は高くないがすばしっこいため厄介なのだ。

「ヴァイス様すぐに片づけますね。氷よ、束縛せよ!!」

「あ、ああ……」

俺達が通路を出ると案の定、六匹のビッグラットがいたので、ロザリアの加勢をしようと剣をかまえた俺だったが、彼女が詠唱と共に魔物達の足元を凍らせ槍を振るって瞬殺していったのでなんの役にも立たなかった。

いやいや、強すぎんだろ!! まあ、冷静に考えてみれば仮にも主人公パーティーが苦戦した相手なのだ、無茶苦茶強いに決まってるよな……。

「ヴァイス様、倒しましたよ。これで先に進めるはずです」

「ああ、ロザリアはすごいな。こんな一瞬で倒すなんて……」

「うふふ、ヴァイス様に頼られるのが嬉しくってつい、頑張ってしまいました。もっと褒めてくださったら嬉しいです。なーんちゃって……ヴァイス様……?」

「よくやってくれたな、ありがとう、ロザリア」

えっへんとどや顔を向けてくるロザリアの俺は頭を撫でる。褒めるっていうとこんな感じでいいんだろうか？ なぜか、ロザリアは顔を真っ赤にしている。やっべ、冷静に考えたら彼女の方が年上なのだ、気分を害してしまっただろうか？

「あ、その……今のは褒めろって言われたから、こういうのがいいかなって思ったんだが……」

「いえ……その驚いてしまっただけです……ヴァイス様に頭を撫でてもらえて嬉しいです」

「そうか、じゃあ、先に進むぞ!!」

俺とロザリアの間にちょっと変な空気が流れるのを誤魔化すように、俺は歩きはじめる。そして、ようやく見つけたやたらと頑丈な扉を開けると、その先にはいくつかの革袋が保管されており、金貨がちらりと見える。

うおおおお、ゲームで見るのとは違いマジでキラキラ輝いている!!　それにあとはあれがあるはずだ。

「すごいです、ヴァイス様!!　これだけあれば借金を返してもおつりが来ますよ!!　本当によかったです……領地を奪われなくて済むのですね」

「ああ、そうだな。ご先祖様に感謝しないとな」

興奮しているロザリアに答えながら俺は壁のくぼみに隠されている小さな木箱を取り出す。宝箱の中には赤い宝石が埋め込まれた指輪と、青い宝石が埋め込まれた指輪が入っていた。

「ヴァイス様、その指輪は……？」

「これはハミルトン家の家宝だよ。ロザリアこれを受け取ってくれ。きっと君を守ってくれるはずだ」

「そんな、こんな高そうなものは受け取れませんよ」

「いいから……これは命令だ。早く指を出すんだ」

遠慮しているロザリアの手を強引に取って、彼女の白く細い薬指に赤い宝石の指輪をはめる。

この指輪は持ち主の命を一回だけ守る効果があるのだ。ヴァイスのためならば命を捨てるほどの想いを持つ彼女のことをきっと守ってくれるはずだ。

そして俺にはこれである。満面の笑みを浮かべながら自分の薬指に青い宝石の指輪をつけた。

魔力の指輪
装備したものの魔力の成長値及び魔力を上げる効果がある。初代ハミルトンの領主が戦争で武勲を立てた時にもらったもの。
ステータスアップ
魔力　40→50

予想通りの結果に俺は思わず笑みを浮かべる。ゲームでは、このお金は主人公が領主として活動するための資金となり、この赤い宝石の指輪は主人公の身を守るのに使われ、青い指輪は義妹のフィリスの魔力をより高めるために使われるものだが……。

俺がもらってもいいよなぁ？

だってさ、お前ら主人公は他にも救ってくれる人がたくさんいるんだ。これは……これくらいはヴァイスを救うために使ってもいいだろう？

「じゃあ、行くぞ。って……重っ!!　金貨ってやべえな……ロザリア悪いけど革袋を運んでくれないか？　ロザリア？」

「え……ああ、はい。失礼しました。すぐに運びますね。よいしょっと」

なぜか指輪のはまった自分の指を見て顔を真っ赤にしていたロザリアは、俺が声をかけると慌てた様子で革袋をどんどん担いでいく。身体能力やば!!　俺とか二つが限界なのに十個くらい持っているんだが……しかし、一体どうしたんだろうか？　指輪をあげてからちょっと様子がおかしいんだが……。

「ヴァイス様……命令を聞く代わりに私のお願いも聞いていただいてもいいでしょうか？」

「あ、ああ……別に構わないが……」

ロザリアが珍しく笑顔でなく真剣な顔をする。俺と同じような指輪をさせたのがそんなに嫌だったのかな？　そんなことを思っていると、彼女は少し間を置いてから話しはじめた。

それは予想外の内容で、俺は反対したが結局押し切られてしまった。


「ご機嫌麗しゅう、ヴァイス様。景気のよさそうな顔をしておられますな。ふふふ。そのご様子なら、今日の返事は期待できそうですな」

「ああ、おかげさまでな……」

翌日執務室で俺は暗い顔でグスタフと向かい合って座っていた。俺の傍らにはロザリアが控えており、相手も同様にこの前の護衛を連れてきている。こいつらは挨拶の言葉とは裏腹に馬鹿にしたような笑みを浮かべて俺を見つめている。どうせ借金を返せないと侮っているのだろう。

ふははは、愚かな男だ。俺は演技で悲愴な表情をしているんだよ!!　ちゃんと騙《だま》せているようだな。確認のためにロザリアの方を見つめると彼女は無表情のまま頷いた。そして、口パクで一言『約束を忘れないでくださいね』と念押ししてきた。

もちろん、忘れてはいない。

「それではヴァイス様、約束通りお金を返していただきましょうか？　もしも、返せなかった場合は即座に領地をいただきたいのですが……私も鬼ではありません。もう一度チャンスをあげましょう」

「チャンスだと？　一体それはなんだ」

「それはですね……このメイドを私に利息として売っていただきたい。お前も主《あるじ》の役に立てるのならば本望だろう？」

そう言うとグスタフは下卑た笑みを浮かべてロザリアに手招きする。ふざけんなよ、昨日は一晩だったのに、今度は完全に彼女を奪う気じゃねえか。彼女は一瞬逡巡《しゅんじゅん》した様子で俺を見つめたあと悔しそうに口をきゅっとしてグスタフの方へと歩いて行く。

「ロザリアなんで……」

「ヴァイス様申し訳ありません……こうするのが一番かと……」

「ふん、最初っからこうしておけばよかったんですよ。くくく、ずっと可愛《かわい》がってやろうと思っていたんだ。全くこんな男にはもったいない女だよ。ひげぇ」

グスタフが、ロザリアの腰に一瞬触れそうになった直後だった。彼女は彼の腕をひねり上げて、まるで道端に転がるゴミをみるような冷たい目で、椅子から転げ落ちて痛みに悲鳴をあげているグスタフを見下ろした。

「こんな男だなんて……今のは発言は領主様への不敬罪ですね。あと、領主様のものである私に軽々しく触れた罪でしょうか？」

「お前……くっ……」

「そして、領主様の前で刃物を抜いたあなたは反逆罪です。ですが、うちの領主様は心優しいので、そのまま武器を収めれば許してくださると思いますがどうしますか？」

グスタフを助けようと動いた護衛の喉元に短剣が突きつけられる。ロザリア、マジで強《っ》えええええええ!!

そして、護衛は自分の命が惜しいのか、即座に武器を捨てた。それを見てグスタフの表情に怒りが浮かぶ。

「ヴァイス様!!　お金がないからといってこのように力で解決しようとするなんて許されませんぞ!!　あなたが私に借金をしていることは知られています。返す金もないのに私を捕まえたとなれば、更に悪評が広まりますぞ!!」

「ああ？　何を言っているんだ？　金ならあるぞ。お前が先走って俺のロザリアに変なことをしようとしただけだろ」

そう言って俺が、机の下に隠していた金貨の入った革袋を取り出しドンと机の上に置くと、グスタフの表情が焦りに染まる。

「そんな……どうやってこんなに……ここにはもう金はないはずじゃ……」

「なにを言っているんだ？　さっき景気が良さそうだってお前に言われた時に『おかげさまで』と応えたばかりじゃないか。ちゃんと人の話を聞かないと商人として成功するのは難かしいんじゃないか？　心配しないでくれ、借金はちゃんと返すよ、まあ、その時にはお前は牢屋《ろうや》の中だろうがな」

「そ、そんな……確かに失礼なことを言いましたが、ここまでされるほどのいわれはないのでは？」

「そうだな……それだけだったらここまではしないさ。だけどな、俺は借りは返す主義なんだよ。無知な俺をもてあそんで楽しかったか？　調べはついているんだ。お前が俺に勧めた商品は、事前に買いしめ値段を釣り上げたものだった。俺が買ったら一気に放出して値を崩し、我がハミルトン家に大きな損害を与えただろう？　そして、借金を盾に俺を犯罪に巻き込んだな？」

そう言って、俺はヴァイスが失敗した事業に関しての資料を彼に見えるように広げる。グスタフが苦い顔をしたことによって俺は推論が正しかったことを確認する。

もちろんたった一日でこいつの悪事の全てがわかるわけではない。今回のことはゲーム本編でこいつが主人公にも同様のことをしていたのでわかったのだ。

主人公には商売に詳しい仲間がいたからなんとかなったが、領主になったばかりのヴァイスには助けてくれる仲間はいなかった。それが今の状況を作ったのだろう。

「とりあえずは、領主への不敬罪と、俺の大事なメイドであるロザリアに手を出そうとした罰だ。しばらく牢屋で反省しているんだな、その間にお前の罪を全て暴いておいてやるよ」

「そんな……」

俺の合図と共に兵士がやってきてグスタフとその護衛を牢屋へと連行していった。絶望に染まった顔で連れていかれるグスタフを見て、俺は思わず意地の悪い笑みを浮かべてしまう。

俺の推しであるヴァイスを騙した上に愚弄し、ロザリアにまで手を出そうとしやがった。許すはずないだろうが。

それに、こいつの罪はそれだけではない、他の領地で、この国では禁止されている麻薬や奴隷売買にも手を出しているのである。借金のせいでヴァイスが文句を言えなくなったら、このハミルトン領でも好き勝手にするつもりだったのだろう。こうしてこいつらを留置している間に証拠を集めるとしよう。別件逮捕ってやつだね。

領地の治安をよくして、民衆の忠誠度を上げるためには手段を選んでいられない。日本でも警察が使っている手だ。問題はないだろ。それに……主人公ではない俺が生き残るには、多少卑怯《ひきょう》な手を使う必要があるのだ。

「ロザリア助かった。だけど、今後は自分の身を囮《おとり》にするような真似《まね》はやめてくれ……」

「ヴァイス様は心配しすぎです。ちゃんと触られる前に腕をひねりましたし……こんな指輪をもらったのにあなたの役に立てない方が辛いんです」

俺の言葉に彼女は珍しく反論する。彼女のお願いとは、自分を餌にしてグスタフを捕らえるチャンスを作るということだったのだ。もちろん、俺は反対したのだが、彼女の言葉に負けてしまった。これじゃあさ……俺がピンチになったら彼女はいつも自分の身を犠牲にしてでも守ろうとするだろう。嬉しいけどなんとかそれは防ぐようにしないと。

それには俺が強くなるだけじゃない、領主としても優秀にならなければならないのだ。ひとまず、領地の力をつけるために今の状況の確認と改善、そして……ゲームの知識を使って、将来害をなすであろう人物が力をつける前に排除する必要もあるだろう。やることばかりである。だけど、俺はやってみせるよ。そのために俺は推しキャラを救う権利を得たのだから……。

「ロザリア……まずは、主な部下達と領地に関して話し合いたいから会議を開こうと思う。人を集めてくれるか？　それと……だれか魔法に詳しい人を探してくれないか？」

「それならば問題はありませんよ。一週間後には定例会議ですし、魔法の先生ならばヴァイス様の目の前にいるじゃないですか。再び魔法に興味を持ってくださって嬉しいです」

「え？　ああそうか、ロザリアが先生だったのか……」

そういえばロザリアは魔法と槍術をメインにして戦っていたのだ。かつてのヴァイスが彼女に魔法を習っていてもおかしくはない。

「では、明日からまた私が先生として教えますね。せっかくです。中断していた剣術も頑張りましょうね」

「ああ、そっちも再開しないとだな。領主として戦場に出るかもしれないしな」

「ヴァイス様それは違いますよ。まずは戦いがおきないようにするのがあなたのお仕事なんですから。それにもし、戦うことになっても私が絶対守りますからね」

「ああ、そうだろうな……」

ああ、わかっているよ。君が本気で俺を……ヴァイスを守ってくれるっていうことくらいさ。そして、今は平和だが、あと数年でゲーム本編の時間になってしまう。そうしたら、大規模な戦争が始まるのは避けられないのだ。

俺が救いたいのはヴァイスだけじゃない。彼女もだ……主のことをその身を挺《てい》してまで守る高潔な彼女があんな風に悲しい最期を迎えていいはずがないのだ。

だから俺はヴァイスの……今の俺の想いを素直に告げるのだ。

「俺も誓おう。ロザリア、お前を守ると。だからずっと俺のそばにいてくれ」

「え……はい……もちろんです。ヴァイス様、どこか変わりましたね……やはり刺されたショックで頭が……」

「今いい話の流れじゃなかった？　あれ？　俺おかしいこと言ったかなぁ……」

「うふふ、ちょっと恥ずかしくなってしまったんですよ。刺されたあと目を覚ましてからちょっとおかしいところもありましたが、昔のヴァイス様に戻ってくださったみたいで嬉しいです。では明日からビシビシといきますからね!!」

俺の言葉にロザリアが満面の笑みを浮かべた。

「やばいやばい、マジでやばい……なにこの体ひよわすぎぃぃ」

俺は訓練前のランニングですでにばてている自分の無力さを嘆きながらも、必死に体を動かす。栄養失調は伊達じゃないぜ。マジで死にそうなんだが!!

「ヴァイス様、最初は無理をしなくてもいいんですよ？」

「いや、そうはいかないだろ……それに、体力は何をするにしても大事だしな」

「うふふ、ヴァイス様が前向きになってくださって嬉しいです」

無理に頑張りすぎたせいだろうか。俺は足をふらつかせて倒れそうになってしまう。両親の死後まともな食事をとっていなかったためか、予想以上に体力がない。

しばらくはバッドステータスとも付き合っていかなければいけないだろう。

「剣術もまた習いたいんだが……今は素振りすらきついな……」

「そうですね、しばらくは体力づくりと魔法の訓練にしましょう。剣の方はもうちょっと体力がついたらにしましょうか。ただ剣術は私も基礎までしか教えられませんので、いずれはちゃんとした先生に習うのが良いんですけどね……」

そう言うとロザリアは言葉を濁す。なんだろう、なにかとても言いにくそうだ。ヴァイスのスキルに剣術があったので、かつては誰かには習っていたのだろうが……もしかしたら、すでに追い出してしまったのかもしれない。

とりあえずそこらへんの確認もしないとな……。

「それではまずは魔法の使い方ですね。色々とショックなことがあると使えなくなることがあるというのは聞いたことがあります。魔法は精神と直結していますからね。それでは基礎からおさらいしましょう」

魔法の使い方がわからないと言った俺に対して、彼女は怪訝な顔をしながらも基本を教えてくれる。まあ、レベル1ってことは元々ヴァイスは魔法を使えたのだ。それがいきなり忘れたんだから疑問に思うだろう。

だけどそんな俺に彼女は嫌な顔もしないで教えようとしてくれている。

「ヴァイス様は闇属性ですので、もっとも身近な存在である影を使いましょう。目を瞑《つぶ》って意識していてください。自分の影を体の一部だと認識するのです。久々ですが、体が感覚を覚えているはずです。そして、脳内に浮かぶであろう呪文を詠唱してください」

「呪文か……それって例えばロザリアに教えてもらうことはできないのか？」

「それは難しいですね……私の専門は氷ですし、魔法は詠唱と同時にその結果も頭の中に浮かんでくるんです。そのイメージが不十分だと、詠唱しても魔法は使えません」

「ズルはできないってわけか……」

俺はロザリアに言われたように目を瞑る。だけど、自分の一部って無理じゃない？　影は影じゃねえか。てか、呪文なんて思い浮かばないんだが……焦れば焦るほどわからなくなってくる。俺が混乱のさなかにいる時だった。

『今回だけは力を貸してやるよ。一回しかやらないから覚えとけよ』

「影の腕よ、我に従え!!」

その声と共に自分の感覚が影とつながった。影が腕の形になり振るうイメージが思い浮かんできた。この感覚か!!

「きゃあ!?」

「どうだ、ロザリア……あ……」

視界に入ったのは舞うように浮かび上がるスカートと、可愛らしいレースが刺繍《ししゅう》されている水色の布だった。そう俺の影は手の形をかたどって彼女のスカートをめくっていたのだった。

「ヴァイス様……」

「いや、今のはわざとじゃないって言うか、その……やっぱり氷属性だから水色のなの？」

「もう……エッチなんですから。そういうことは他の女性に言ったら絶対ダメですよ」

彼女は少し顔を赤くしてスカートを押さえながら、呆《あき》れたようにため息をついた。他の女性にはダメって、本当はロザリアにも言ったらダメだろ……ダメだよな？

「とりあえず感覚は取り戻せたようですね。それでは影を自由に扱う練習をしていきましょう。

あ、次もスカートに触れようとしたらその影を斬りますからね」

「わ、わかってるって……」

「魔法を制御できるようになればできることはだいぶ増えますからね。とりあえず一時間ほど発動の練習をしましょうか」

そうしてちょっと嬉しそうな笑みを浮かべている彼女との特訓を開始した。不慣れだったけど、魔法の練習はすごく楽しくて、俺は時間も忘れて打ち込んだ。だって、推しと同じ魔法が使えるんだぜ？　最高じゃん。

その結果俺は影の手を一本、ある程度自由に動かせるようになったのだった。しかし、さっき聞こえてきた声はなんだったのだろうか？


魔法の特訓のあとは書類とにらめっこである。とりあえず回されてくる書類を見ながらハンコを押すだけの簡単なお仕事かなと思ったが、そうではないようだ。

これまであまりちゃんとチェックできていなかったのか、支出がむちゃくちゃな帳簿や、適当な報告書も結構多いのである。絶対舐《な》められているな……ヴァイスが慣れない仕事で苦しんでいたっていうのにふざけてやがるぜ。

残念だったな。義務教育やゲームでたくさん勉強した俺からすれば、おかしいなっていうことはわかるんだよなぁ。

「それじゃあ、この件に関する報告書を修正して明日までに提出しろ」

「は、はい、わかりましたぁぁぁ」

さっそくふざけた内容の書類を提出してきた奴をしかりつけてやった。今頃書類の矛盾をなくすために彼は必死に頭をはたらかせているんだろうなぁ。そんなことを思いながら、俺は影を使って遠くに積まれている新しい書類を拾い上げる。

ちなみにこれは歩くのが面倒なわけではない。ロザリア達は知らないようだが、『ヴァルハラタクティクス』では魔法は使えば使うほど経験値が溜《た》まるのだ。だからあえて日常的に使うようにしているのである。

ゲームでは戦闘でしか使わなかった魔法を日常生活で使用するのは意外性があって楽しい。それに、闇系統の魔法もゲームでたくさん見ていたから、一度コツをつかめばイメージも容易《たやす》いのだ。といっても魔力は無限ではない。

「しかし、くっそまずいなこれ……そろそろちゃんとした飯を食うか」

俺は泥水のような喉ざわりの無味な魔力回復ポーションを飲みながら鈴を鳴らす。すると、しばらくしたあとにノックと共にメイドがパンにハムや野菜を挟んだもの……つまり、サンドイッチと湯気のたったコーヒーを銀のお盆に載せて入ってきた。この世界には存在しなかった食べ物なので俺がお願いして作ってもらったのである。

ロザリアは忙しいのか、目覚めた時に俺の悪口を言っていた栗毛《くりげ》のメイドのメグがやってきた。

「ヴァイス様……失礼します。お食事をお持ち致しました」

声が少し震えているのは気のせいではないだろう。笑顔こそ浮かべているが、彼女の目に浮かぶ感情は恐怖だ。ヴァイスは相当荒れていたようだからな……俺は彼女を安心させるように笑みを浮かべながら声をかける。

「ありがとう、今受け取るよ」

「きゃぁ」

その悲鳴と共にびくりとした彼女はお盆を落とし、コーヒーが彼女のエプロンを汚す。やっべえ、つい影の手を使ってしまった。

「申し訳ありません!!　お許しください!!」

「こっちこそ悪い、つい魔法を使ってしまった。驚いたよな。大丈夫か？　俺の料理はいいから、早く着替えて火傷《やけど》がないか見てもらえ。代わりの料理は自分で取りに行くよ」

慌てて立ち上がった俺は、彼女の元にかけよってハンカチを差し出す。熱そうなコーヒーだったが大丈夫だろうか？

しかし、彼女は俺の差し出したハンカチを受け取らずに、信じられないという顔で眺めているだけだ。あれ？　俺が拭いた方がいい？　でも、セクハラにならない？

「ヴァイス様……？」

「ん。どうしたんだ？」

「いえ、怒鳴ったりしないのかなと思いまして」

「するわけないだろう……それより、火傷は大丈夫か？」

俺の言葉に彼女は不思議そうな顔をする。今のは完全に俺が悪かったからなぁ……魔法は凶器にもなりえるから、本来はこんな風に日常的に使う人間は少ないのである。

「その……心配してくださってありがとうございます。念のために着替えてきますね……お食事は……どうしましょうか？」

「せっかく立ち上がったし自分で取りに行くよ。着替え終わったら通常業務に戻ってくれ」

「はい、わかりました!!　その……心配してくださってありがとうございました」

そういうと彼女は早足に出て行った。なぜかその足取りは少し軽そうだ。俺はそんなメグの後ろ姿を見つめながら体を伸ばす。まあ、ずっと座っていたしちょうどいいだろう。

「ヴァイス様……ほんとうに変わられたみたい……」

彼女がぼそっと何かつぶやいていたがよく聞こえなかった。そして、その夜何気なくステータスを見るとなぜか『民衆の忠誠度』が11に上がっていた。一体何があったのだろうか？

「よっしゃーー、走り終わったぁぁ!!」

「ウフフ、ヴァイス様すっかり、体力がつきましたね」

「そりゃあな、一週間ちゃんと運動したし、その……ロザリアが栄養のつくものを色々と作ってくれたからさ……」

「ヴァイス様……気にしないでください。私はあなたの専属メイドですから。それくらい当り前です!!」

俺が素直に感謝の言葉を述べると、ロザリアは嬉しそうに笑った。

メグから聞いた話だと、領主になってからほとんど食事をしないヴァイスのために、彼女はあれこれ工夫していたらしい。わざわざ好物を用意したり、食べやすいものを作ったりと色々とやってくれていたようだ。

本当にヴァイスに忠誠を誓っているんだな……他のメイドの反応を見る限り、普通ではここまでの信頼関係は築けないだろう。機会があれば二人に何があったのかをそれとなく聞いてみるとしよう。

「それにしても最近のヴァイス様は本当に見違えるようですね。お仕事もちゃんとやっていますし、他の使用人達からの評判も良くなってきていますよ。特にメグはヴァイス様が変わったーーって私にも言ってました」

「そっか……よかった……でも、俺のことなのにずいぶんと嬉しそうだな」

「当たり前じゃないですか。だって、ヴァイス様は本当は素晴らしい人なのに……ショックなことがあってちょっとだけダメになっていただけなのに、みんなして文句ばっかり言っているのが悔しかったんですよ!!」

そう言うと彼女はまるで自分のことのように怒ってくれている。そんなロザリアを微笑ましく思いながらも、胸が少しズキリと痛むのを感じた。

彼女が信頼してくれているのは俺ではなくヴァイスだというのに、黙ったままでいいのだろうか？

一瞬よぎった気持ちを誤魔化すように、俺は話をかえる。

「それじゃあ、魔法の練習をしたいんだがいいか？」

「はい、この一週間基礎練習お疲れ様でした。魔力の発動はスムーズにできるようになったと思います。今度は、制御の練習をしましょう。それでは影の手でそこの木を十回ほど叩いてみてください。ちゃんと制御しないと当たりませんからね。最初はうまくいかないでしょうが集中すればいつかできるようになるはずです」

そういうと彼女は中庭の木を指さした。これまではただ影を解き放ちその威力を高める訓練をしていたのだが、ようやく次のステージにいくようだ。

だけど、気になることがあった。

「そんな簡単なことでいいのか？」

だってこれは……俺が普段やっている書類を取ったりするよりもはるかに簡単に見えるのだが……それとも何か意図でもあるのだろうか？

「うふふ、魔法に馴《な》れていない人は簡単そうって言いますが、制御してイメージをするのはとっても難しいんです。って、えええええ？　嘘《うそ》ですよね⁉　なんで、そんなにあっさりとできるんですか⁉　普通の人は一か月で、ここまでできてもすごい方なんですよ‼」

俺が説明の最中に影魔法で木を叩き始めるとロザリアが驚愕の声を上げる。そりゃあ、まあ、回数をこなすのが大事とゲームの知識で知っていた俺は、ポーションで魔力を回復しながらこの一週間ほぼ一日中練習をしていたからなぁ……。

それに初日から結構あっさりと制御できていたんだよな。ひょっとしたら、ヴァイスには闇魔法の才能があったのかもしれない。序盤で死んでいたゲームではわからなかった事実だが……。

「ちなみにこんなこともできるぞ」

「えええええ？　いくら基礎とはいえなんでそこまでできるんですか？　すごい制御力です‼　もう、私が教えられることなんて一つもないじゃないですか……」

俺が影の手を三つにわけて、拾った石でお手玉をすると彼女が信じられないとばかりに目を見開いた。ここまで反応してもらえるとこちらとしても気分がいい。そして……ヴァイスを褒めてもらえるとマジで嬉しい。推しを褒めてもらっている感じだからね‼

そして……魔法の制御力とイメージが大事だというのなら、俺ならばちょっとしたチートが使えるかもしれないと、ある発想が頭をよぎった。

「ふははは、そうなんだよ。ヴァイスはすごいんだ!! わかってもらえて嬉しいぜ!!」

「フィリス様といい、やはりヴァイス様も天才だったんですね……」

フィリスか……一瞬胸がざわめく。彼女はヴァイスのような踏み台キャラとは違いメインキャラクターだ。主人公のヒロイン候補であり……ヴァイスの義理の妹でもある。

確か今は王都の魔法学校に行っているはずだ。ゲームのシナリオではヴァイスと彼女の関係性はあまり良くないため、もっと足元が固まるまでは関わりたくないというのが本音である。

「失礼しました。じゃあ……基礎練習は十分なようなので実戦訓練といきましょうか」

俺の表情から何かを読み取ったのかロザリアが話題を変える。

「へぇー。楽しみだな。実戦訓練って何をするんだ?」

「そうですね……私から一本とってみてください。氷よ!!」

「え?」

俺は、目の前でいつものように優しく微笑みながら、魔法で作った氷の槍を構えるロザリアの言葉に間の抜けた顔で聞き返すことしかできなかった。

「うう……こわかったよう……」

「すいません、ちゃんと寸止めはしたのですが……それに……中途半端に手加減をする余裕がなかったものですから……」

魔法の練習という名の一方的な攻撃を受けて、半泣きになっている俺の後ろをロザリアが苦笑しながらついてくる。

日本という争いと無縁な世界にいた俺は、目の前で氷の槍が振るわれるだけでもマジでビビった。影の手も全て槍ではじかれ、剣なんて当たりもしない……だけど、彼女の言葉がお世辞でなければ全く通じなかったわけではないようだ。

「てか、俺さ、以前は気に入らないとロザリアを殴っていたけど、本気を出せば余裕でかわせたろ?」

「大丈夫ですよ。ちゃんと受け流していたので、ダメージはほとんどありませんでしたし……そのヴァイス様に殴られるのは嫌じゃないですから。あのくらい攻撃プレイの一環みたいなものです」

「うわぁ……」

「それに私に当たってヴァイス様の気が晴れるなら本望ですから」

一瞬の迷いもなくそういうロザリアの忠誠心は本当にすごいと思う。俺は熱狂的ともいえる彼女の気持ちに内心驚きながら会議室へと向かう。

「差し出がましいようですが、訓練で疲れているとはいえ、会議中には寝ないように気を付けてくださいね。最近ヴァイス様の努力が皆さんに認められ始めていますが、それはあくまで館の使用人達や日常的にお会いする方だけですので……」

「ああ、いつも心配してくれてありがとう。その……何かあったらサポートを頼むよ」

俺は緊張しながら会議室の扉の前に立つ。ここが大勝負だろう。俺は大きく深呼吸をしてロザリアに頷《うなず》いた。

「ヴァイス様がいらっしゃいました」

ロザリアが扉を開けると同時に会議室にいた人間の視線が集中する。その目はどこか値踏みするようで……少し心地悪い。

「本日出席されているのは財政担当の……」

ロザリアの説明を聞きながら、俺の目線は、彼の隣にいるガタイのいい気真面目そうな壮年の男性に集中していた。情報収集をしてみれば色々と問題ばかりの我が領地だが、特にやばいのは治安である。そこをなんとかしなければいけないだろう。だから特に担当の者とは重点的に話し合う必要があるのだ。

一見真面目な壮年の男性だが、なぜ治安の悪化を放置していているのだろう。

「そして、トイレ掃除担当のカイゼル様です」

「は？」

いやいや、ガタイの良い人はトイレ掃除だったよ。てか、なんでトイレ掃除担当が会議にいるんだよ。そして、何よりも……。

「治安担当はどこだよ!!」

「バルバロ殿ならいつものように客室でお酒を飲んでいると思いますが……」

俺の叫び声にカイゼルが答える。なんで、来ないんだよ。てか、バルバロってマジかよ……ヴァイスにとって悪い意味で因縁のある相手だ。

今、あいつについて色々と調べ終わったところなんだけど……まさか、治安担当なんてやってるとはな……。

「舐めてんだろ!! なんで誰も文句を言わないんだよ」

「それは……ヴァイス様がバルバロ殿は我が代理でもあるとおっしゃったので、誰も文句を言えず……」

ヴァイスのせいだったぁぁぁぁぁ。俺は内心頭をかかえる。

「くっそ……俺が連れてくる。ロザリア、そいつのところに案内をしてくれ」

「はい、ヴァイス様」

そうして、俺はバルバロの元へと向かうのだった。もしも、面倒なことになった時のことを考えて剣を持っていくことにした。

バルバロという男はヴァイス推しとしては印象深いキャラである。ゲームでも登場する敵であり、この領土の犯罪組織のリーダーがそいつなのだ。最終的に追い詰められた彼はヴァイスが立てこもる屋敷の秘密の通路を自分の命惜しさに教えた裏切り者である。フィリスはその話を聞いて隠し通路の存在を思い出し、ヴァイスの破滅は決定的なものになるのだ。

「きゃぁぁぁ!!　おやめください。バルバロ様」

「うるせえ、俺に逆らったらどうなるかなんてわかっているだろう!!」

客室から悲鳴と共に怒鳴り声が聞こえてくる。何事かと俺とロザリアは顔を見合わせ、急いで、扉が開きっぱなしの客室へと入る。

足を踏み入れると同時に充満しているアルコールの匂いが鼻につく。そして、その奥にはソファーの上で酒瓶を片手に、メグの腕を引っ張って下卑た表情をしている短髪の男がいた。

こいつがバルバロ……ゲームでは己の保身のためにヴァイスを売った上に、この領地の犯罪組織をしきっていた男だ。

今は治安隊長をしているようだが、こいつはその権力を利用して自分に都合の良い連中を兵士として雇い、好き勝手しているのかもしれない。そいつらが将来作る犯罪組織の基になったのではないかと思われる。

こいつもまた、ヴァイスの領地運営がうまくいかなくなった理由の一つである。

「ああ、領主様、上質な酒が入ったんですよ。会議なんて放っておいて一緒に飲みましょう」

「バルバロ……メグから手を放すんだ……」

「はっはっは。一体どうしたんですか？　そんな怖い顔をして……そういえば酒は教えましたが、女はまだでしたね。よかったら領主様……この女を抱いてみますか？　商売女もいいんですがやはり素人が一番ですよ」

「ひぃ……」

俺と目があった彼は一瞬驚いたような表情をしたあと、すぐに媚《こ》びるような笑みを浮かべる。メグが恐怖に染まった顔で悲鳴をあげたが、それもバルバロの手によってふさがれる。おそらく、ヴァイスはいきなり領主を任されて、色々と限界だった時に彼の甘い言葉にのせられ酒に逃げたのだろう。

そして彼を信頼してしまった。その結果、彼のようなクズが権力を持ってしまったのだ。

「もう一度言うぞ……バルバロ、メグから手を放せ。そして、会議に出ろ。お前のこれからについての話もある」

俺は腰から抜いた剣をバルバロに突き付けて言う。

「領主様……俺に剣を向けるなんて……何を考えているんですか？」

「今回の会議はお前の犯した罪に関しても議題に入っているんだよ。商人を脅して、格安で商品を買ったり、言いがかりに近いいちゃもんをつけてその売り上げを奪ったりしているんだろう。その金で私服を肥やして……いつまでも許されると思うなよ!!」

「あ？　ガキが調子にのってんじゃねーぞ!!」

彼は憤怒《ふんぬ》の表情でこちらを怒鳴りつける。その声には当たり前だが尊敬の念も何もない。彼的には利用していた馬鹿な子供に反抗されてプライドを傷つけられたという感情しかないのだろう。本当に許せねえよなぁ!!

「ヴァイス様……」

「大丈夫だ、俺がやる」

「何をやるってんだよ。クソが!!」

「きゃぁぁぁぁ」

俺が無表情のまま魔法を唱えようとしたロザリアを制止すると同時に、バルバロが、まるで物を扱うようにメグをこちらに押してきたのを受け止める。

彼女を受け止めた時の衝撃で体勢を崩しながらも、俺は彼女が怪我をしないように必死に支えると、バルバロが先ほどまで座っていたソファーを持ち上げてこちらに振り下ろそうとしていたところだった。

すさまじい腕力である。でも……ただそれだけだ。

「喰《く》らいやがれ!!」

「お前な……そんな風に両手を塞いでどうやって身を守るんだ？　影の腕よ、我に従え!!」

「は？　お前魔法を……ぐぉ……!!」

俺の影で作られた拳がバルバロの顎を打ち上げると、カエルのつぶれるようなうめき声と共に、彼は円をかくように宙に浮いて、そのまま床に落ちた。

「ヴァイス様……いまのは……」

「俺の魔法だよ。ロザリア……メグの手当てを頼む。俺はこいつを会議室へと連れて行く」

「はい、頑張ってください。ヴァイス様。メグ……大丈夫ですか？」

俺の言葉にどこか誇らしそうにロザリアが頷いて、信じられないとばかりに目を白黒とさせているメグに声をかける。

「ヴァイス様!!」

俺が影の手でバルバロをひきずりながら、会議室へと向かっていると声をかけられる。なんだろうと思って振り向くと、メグが涙を目にためながら言った。

「助けてくださってありがとうございます!!　私……ヴァイス様のことを勘違いしていました……陰でひどいことを色々と言ってしまっていて……」

「気にするな、確かに俺もあれだったしな、それよりも怪我とかは大丈夫か？」

「はい、ちょっと怖かったですけど……ヴァイス様に助けてもらったので大丈夫です。その……今のあなたならきっと領主としてみんな認めてくれると思います。頑張ってください」

彼女の言葉に俺も涙が溢れそうになる。ロザリア以外に初めて他人に認められたのだ。だけど、まだ終わりじゃない。むしろこれからが本番である。

「そうか……わかってくれてありがとう……ヴァイスは本当はすごいんだよ」

「え……ヴァイス様はヴァイス様ですよね……？　何で他人事《ひとごと》みたいに……？」

「いや、なんでもない。気にしないでくれ」

やっべ、つい推しが褒められたからテンション上がってしまった。俺は誤魔化すように笑って会議室へと向かうのだった。


「諸君待たせたな。バルバロを会議に参加させるのに少してこずってしまってな」

俺がバルバロを引きずりながら会議室に入るとざわざわと一気に騒がしくなる。「なんでバルバロが……あいつは領主様のお気に入りじゃ……」「あの乱暴者をヴァイス様が倒したっていうのか？」「ヴァイス様が変わったっていう噂《うわさ》は本当だったのか……」などの声が聞こえてくる。

俺はそんな彼らの言葉が収まるのを待ってから咳払《せきばら》いをして注目を集める。

「今回の会議の議題をまだ諸君には全て説明していなかったな……命じていた中間報告と共にこのバルバロの罪を明らかにし、断罪することである。今回このバルバロは会議をふざけた理由で欠席したばかりでなく、私の館のメイドに乱暴をしようとした。そして私が調べさせた結果他にも様々な罪状がある。その罰として、この男をクビにして新しい人間を治安隊長とする!!　前任の治安隊長立ってくれ」

「は……はい……」

怪訝な顔をしたトイレ掃除担当のカイゼルが起立した。

やはりこの男はただのトイレ掃除担当じゃなかったのか。俺はそんなカイゼルのそばに行って肩を叩きステータスを眺めた。

カイゼル＝アンダースタン

職業　トイレ掃除担当
主への忠誠度　70
筋力　70
魔力　40
知力　50

スキル

上級剣術　ＬＶ３

守護者の盾　ＬＶ３

ユニークスキル

正義の心　ＬＶ３

己が正しいと思った戦いに参加するとステータスが10％アップ

前領主の時は治安隊長兼ヴァイスの教育係だったが、領主になったヴァイスに意見を言ったことにより左遷された。正義感が強く、領民の好感度は高い。

ステータス結構高いな!!　てか、治安隊長じゃなくなったのってヴァイスとバルバロのせい

じゃん。絶対バルバロにそそのかされてやらかしてんじゃん。そりゃあ、カイゼルも怪訝な顔をするわな。

俺は頭が痛くなるのを感じながらもみんなに宣言をする。

「カイゼル……今まですまなかった……図々《ずうずう》しいかもしれないが、君にひどいことをした私に再び力を貸してくれないだろうか？」

「ヴァイス様、そんな……頭を上げてください。私の方こそ、前領主を事故で亡くしたばかりなのに剣術を習えだの、領主としての自覚を持てだの色々と言いすぎたと反省していたのです……このカイゼル、再びチャンスをいただけるのならばヴァイス様のために剣をふるわせていただきます」

「ありがとう、カイゼル……」

すげえ、忠誠心だな。左遷されて辛い思いもしたはずなのに……てかさ、ヴァイス……お前結構いい人に囲まれてたじゃん。もっとそういう人達の話を聞いていれば……いや、そんな余裕はなかったよな……だからこそ俺が変えるのだ。

俺は彼にお礼を言ってから他の参加者にも聞こえるように大声で言った。

「皆の者聞いてほしい!!　今までの俺はどうしょうもない領主だったと思う。尊敬している両親の死、馴れない領主としてのプレッシャーなどもあり、苦難から逃げてしまった。その結果お前達に理不尽に当たり散らし、バルバロのような人間の増長を許してしまった……その件に関しては何も言い訳はできない。だが、俺はもう逃げはしない!!　宣言しよう。俺はこれから領地のために全ての力を注ぐと。皆にはそれを見届けてほしい!!」

みんなの反応は様々だ。何をいまさらと冷めた目をしている者、その目にわずかな期待を宿している者。館内で仕事をしている者ほど俺にもしかしたらと期待をしてくれているようだ。

たった一週間だが俺の努力は無駄ではなかったようだ。そして、ここからが本番である。あとは行動で証明するしかないだろう。

「それで……最初はどうするつもりですか？」

「ああ、手始めにこれより領地内で行われている犯罪組織を摘発しようと思う。幸いにも情報源にはあてがあるんでね」

俺は気絶しているバルバロを足蹴にしながらにやりと笑った。

「じゃあ、行くぞ」

「ヴァイス様がわざわざ行く必要はないのでは……？　ヴァイス様は領主なんですよ。身を危険に晒《さら》す必要はないと思うのですが……」

「心配してくれありがとう、ロザリア。だけど、これは俺の領主としての器を見せる戦いでもあるからさ。それに……俺のことは守ってくれるんだろ？　信頼しているぜ」

「もう、そんなことを言われたら、なんにも言えなくなってしまうじゃないですか」

そう言って唇を尖《とが》らしているロザリアはいつものメイド服ではなく、動きやすい軽装の鎧《よろい》を身に着けている。俺達はバルバロと色々と話をして、彼の私兵がいる屋敷の前に来ていた。最初は渋っていたが命を助けると言ったら簡単に口を割ってくれた。

「では、皆の者よ、待機せよ!!」

俺の言葉で、共に連れてきた兵士達が一斉に目の前の屋敷の前に整列をする。正直兵士達の質は心配だったが、カイゼルを慕う者達が結構いたこともあり、彼が治安隊長に戻ると決まると士気があがったのだ。

まあ、それだけじゃないんだろうけどな……俺は、彼が他の兵士達に頭を下げてまで俺に協力してくれるようにお願いしてくれたことを知っている。

「ふふ、この空気……戦場をかけた昔を思い出しますね。では、私は作戦通りに……」

「ああ、頼むよ。こっちは俺に任せてくれ」

俺はカイゼルが何人かの兵士を連れてくのを確認してから、大声を張り上げる。ここはゲームでやったステージと同じだ。まあ、数年前なので多少の差異はあるだろうがそれでも大体の構造は理解している。

「俺は領主ヴァイス＝ハミルトンだ!!　貴様らのリーダーであるバルバロはすでに拘束している。その意味はわかるだろう?　貴様らの罪はわかっているんだ。私の大事な領民を苦しめた罪は軽くはないが、今投降すれば命だけは助けてやるぞ。降伏しろ!!」

「な……あの無能領主かよ!! あいつはバルバロ様の言いなりなんじゃ……」

「は、幸い兵の数は大したことない。返り討ちにしてやるぞ!!」

俺の言葉に館にいる連中がざわざわと騒ぎ始める。結構近いから聞こえるんだよぉぉ。無能で悪かったな……。

それにヴァイスだって頑張ってたんだっての……俺が少しムッとしていると、隣からすさまじい悪寒を感じた。なにこれ怖い。

「ヴァイス様……あいつらは不敬です。殺しましょう」

「あの……ロザリアさん……キャラ変わってません? まあ……あいつらも戦うことを選んだようだな!!」

「でも……あいつらはヴァイス様のことを無能って……あなたの辛さも知らないくせに!!」

俺の隣で殺気のこもった視線で槍を作り出したロザリアにちょっとビビっていると、あいつらが返答とばかりに矢を打ち込んできた。

もう……待つ必要はないな。元々あいつらが油断するくらいの戦力で来たのだ。俺が悪には容赦しなくなったと知ってもらう機会にはちょうどいい。

「皆の者、いけえぇぇぇぇぇ!!」

俺の言葉と共に兵士達が突撃していく。そして、その中にはもちろん、俺もいる。今回戦場で指揮を執った。それだけでも、十分領民達は見直すだろう。だけど……それだけでは足りないのだ。この領土はこのままではゲームと同じ時代に戦争に巻き込まれる。

それまでにその戦争で生き残れるだけの力をたくわえなければならない。特に目立った産業のないこの土地でそれを達成するには領主のカリスマが必要だろう。それに……俺も実戦経験を積んでステータスを上げる必要がある。

「思ったよりも苦戦せずに済みそうですね、ヴァイス様」

「ああ、不意打ちな上に、こっちは腐っても正規兵だ。基礎能力が違う。それに……」

「うおおお。いいところを見せて出世するぞ!!」

「カイゼル様の復帰戦だ。情けないところを見せれるかよ!!」

俺が事前に提示した褒賞とカイゼルの存在のおかげで予想以上に士気が上がっている。これなら負けることはないだろう。

俺の思った通りどんどんと相手に攻め込んでいき、屋敷に突入した俺達は敵を館の隅の方へと追い詰めていく。そろそろだな……。

「さて……勝敗は決したと思う。お互いこれ以上の戦いは無駄だと思うが……」

「くそが……てめえは何もしていないくせに……」

「ふむ、確かにそうだな……このまま、一方的に負けては納得がいかないだろう。お前がリーダーみたいだな。ならば俺と一騎打ちをしろ。もしも俺が負けたら、俺を人質にして逃げるといい。そのかわり負けたら……お前らの悪事を白状してもらうぞ」

「領主様!?」

「へぇ……」

俺の言葉に兵士達が信じられないとばかりと驚愕の声をあげて、相手が嘲りの笑みを浮かべる。ロザリアは……事前に説得していたのに無茶苦茶不満そうな顔をしている。

そして、俺を煽《あお》っていた相手が剣を抜きながらやってきた。

「その言葉は嘘じゃないだろうなぁ。俺が勝ったら……」

「もちろんだ、お前達とは違うんだ。俺は品行方正な領主で名を売っているんでな。約束は守るよ。だから……」

「そうかよ!!」

俺の言葉が言い終わる前に相手が剣を振り上げて襲いかかってくる。完全な不意打ちである。こんなんで相手は完全に勝ったとか思っているんだろうなぁ!!

「なんで……」

「俺の方が強いからだよ。俺は品行方正な領主様だって言ったろ？　お前らのやりそうなことはわかるんだよ」

俺は影の手に握られた剣に後ろから背を貫かれ、口から吐血している相手に答えを教えてやる。こいつもゲームには登場していたから、だいたいのステータスは覚えているのだ。

特殊能力も特になくバルバロよりも弱いので、彼に使った不意打ちは通じると思ったのである。

「まだ……まだ、終わっていない……」

目の前の男のその言葉と同時に、俺達の後ろの壁が轟音《ごうおん》と共に破壊されると、複数の足音が響いてくる。

「ふははは、お前らは俺の罠《わな》に引っかかったんだよ!! やっちまえ!!」

男は勝利を確信した笑みを浮かべながら叫ぶが、やってきた人影達の正体に気づくとその表情が今度は絶望に染まる。

「ヴァイス様の言う通り隠し通路に潜んでいた敵兵を全滅させました。さすがです……どうやってそんなことまで……」

「よくやってくれたな、カイゼル。相手の援軍を倒してくれて助かったよ」

カイゼルを労《いたわ》った俺は、男にニヤリと笑いかける。

「言ったろ。俺はお前らのやることはわかるってさ。で、何が終わってないんだ？」

「そんな……ただで死ねるかよ!!」

「ヴァイス様!!」

窮鼠《きゅうそ》猫を嚙《か》むかの如《ごと》く手負いのリーダーが必死の形相で俺に斬りかかってくる。せめて俺の首を……とか思っているんだろうなぁ？

こいつらはヴァイスが苦しんでいる時にバルバロと共謀して散々好き勝手していたのだ。お前らに怒る権利はないんだよ!!

俺は周囲の視線が集中しているのを確認してから、奥の手を放つ。

「影の暴君よ、断罪の鎖を我に貸し与えよ!!」

その詠唱と共に俺の頭の中にイメージが……湧くことはなかった。当たり前だ。これはまだ……いや、ヴァイスがゲームで使うことのできなかった魔法なのだから……。

だから、俺はゲームで何百回も見た映像をイメージし、ヴァイスならばこれくらいできるだろうと何千回もイメージした光景を詠唱とリンクさせる。

「なんだ。これはぁぁぁぁぁ!?」

「ヴァイス様……上級魔法をどうやって……それはまだフィリス様でも到達していないレベルですよ!?」

俺の影がまるで巨大な獣のような形をとり、その一部が闇よりも更に深い深淵《しんえん》のような黒色の鎖となり、敵を束縛する。そのあきらかに異質な魔法にロザリアだけでなく、皆が信じられないとばかりに静まった。

ふはははは!! これが俺のゲーム知識とヴァイスの魔法の才能による合作だ。本来この魔法はフィリスがゲームの中盤に覚える魔法の一つである。このゲームを死ぬほどやりこんだ俺は詠唱どころか、その結果だって死ぬほど見てきたのだ。イメージなんて余裕である。

とはいえ……実力以上の魔法を使ったせいか頭がふらつく……連発はできないだろう。だが、気を失う前にやることがある。

「これが俺の……ヴァイス＝ハミルトンの力だ!!　皆の者、俺が口だけではないということは信じてくれただろうか……急な領主交代のあとの失敗などもあり、皆が妹の方が良いのではと思っていることは知っている。だが、俺はこれから皆に証明しよう。このハミルトン領の領主にふさわしいのはこのヴァイスであると!!」

「うおおおお!!　あれは上級魔法だぞ!!　エリートの宮廷魔術師くらいしか使えないはずなのに……」

「ヴァイス様すげえ!!　ひょっとしたらフィリス様よりも……」

「なんなんだよ、こいつ……聞いていた話と全然違うじゃねえかよ……」

「勝てるはずがないだろ」

頼みの援軍が全滅していることを知った上に俺の上級魔法によってこちらの士気が上がっているのを見て、敵の戦意はとうとうゼロになったようだ。ぞくぞくと武器を捨てて降伏してくる。ゲームではこの増援のせいで挟み撃ちにあって苦しめられたんだよな。と思い出しながら俺が勝利を宣誓する。

「これで賊共は捕らえたぞ!!　俺は神に誓おう。もう、我が領民を苦しめる連中をのさばらせるようなことはしないと!!」

「「おおーー!!」」

俺の言葉に兵士達も呼応してくれる。そうして、初陣は圧倒的な勝利を得たのだった。

「ヴァイス様、聞きましたよ。相手のリーダーを一瞬で倒したとか!! この前も助けていただきましたし、本当にお強いんですね。さすがです!!」

「あはは、ありがとう。本気を出せばこんなものさ」

メグに褒められて俺は得意げに笑う。まあ、あのあとは馬車で気を失って、ロザリアに無茶苦茶心配されたんだけどな。

犯罪組織の摘発が終わり、俺の評価も多少は変化したようだ。メグが興奮した様子で話しかけてきており。その瞳には尊敬の色が混じっている。

そして、それはメグだけではない。遠くで俺を見ている警備の兵士達もどこか俺を敬ってくれているようだ。

「それにしても……ヴァイス様がなんだか昔に戻ったみたいで嬉しいです。フィリス様がいらっしゃり、前領主様が後継者を変えると言った前に……」

「俺が昔のヴァイスに似ている……?」

「あ。今のはなしで……不快にさせてしまいましたよね。申し訳ありません」

口が滑ったとばかりにメグが気まずそうに逃げ出した。

その後ろ姿を見送り、警備兵達に挨拶をして執務室へと入って仕事を始める。しばらくするとノックの音が聞こえた。俺のそばに控えていたロザリアが扉を開ける。

「失礼します。ヴァイス様、本当に良いのですか……民衆達の税を一時的に減税した上に、貧民に食料を配るなど……」

「ああ、幸いにも、あいつらの屋敷には奴らが隠し持っていた宝石や金があったからな。それに我が一族が蓄えていた隠し財産もある。これまで迷惑をかけた分、領民達に少しくらいは良いことをしないとな……」

「まあ、確かにヴァイス様の評判は……」

「焼け石に水かもしれないがやらないよりはマシだろ？　君にも今までは迷惑をかけた。これからは色々と教えてくれると嬉しい」

執務室へとやってきた文官に返事をすると、彼は言いにくそうに言葉を濁したので、俺が続ける。今回のことで俺を認めてくれたのは、現場にいた兵士とそれを聞いた連中が中心である。民衆には他の方法で領主が心を入れ替えたと示すことが必要だった。そのためにはわかる形で行動しなければいけない。生活に関わる減税はかなり有効なはずである。

他にも、バルバロ達が商人から理不尽に金を集めたり、この国では禁止されている奴隷や麻薬に手を付けようとしていたので、それが広まる前に阻止できたのは嬉しい。これで多少は治安も良くなるはずだ。

奴隷や麻薬をどこから仕入れたかはわからなかったが、取引のあった貴族の名前などは知れたし、及第点だと言えるだろう。

しかし、これからなにがおきるか、何をすれば有効かなどはわかっても、領地の運営などの実務的なことはゲームの知識だけでは補えないのだ。これからまだまだ学ぶ必要があるだろう。

「ちょっと色々と勉強したいんだが、なんかいい教科書みたいなものはないかな？」

「でしたら、前領主様の部屋を見てみるのはいかがでしょうか？」

「それもそうか……行ってみるか」

文官と今後のことを話し終わったあとにロザリアに訊《たず》ねるとそんな返事があった。前領主……ヴァイスの両親か……実は彼らに関する情報はあまりない。まあ、そもそもヴァイス自体がサブキャラだからな……彼の義妹は主人公のヒロイン候補になるくらいなのだが……彼は所詮踏み台に過ぎないのだ。そんなキャラの両親にまで余計なリソースを割けないということなのだろう。

「ヴァイス様、大丈夫ですか？」

「ああ、問題はないさ……」

俺はロザリアと一緒に前領主の部屋へと向かう。気のせいだろうか、なんか体が重くなってきたのだが……顔色も悪いのか、ロザリアが心配そうに見つめてくる。

ドアノブにかけた手が一瞬無意識に止まってしまった。なんだっていうんだ？　俺は自分の身体《からだ》に違和感を感じながらも扉を開けると、いきなり体がふらついて……「ヴァイス様!?」という心配そうなロザリアの声が聞こえ、俺は意識を失った。

◆

ようやくだ……ロザリアに習った闇魔法を自由に使えるようになった。そして、カイゼルに習っている剣術も上達してきた。密《ひそ》かに練習してきた甲斐があったというものだ。これならば次期領主としても申し分はないだろう。きっと父上も俺を認めてくれるはずだ。そう思うと血のにじむような努力も無駄ではないというものだ。

ある日、どこかからフィリスを拾ってきてから、父の関心はあいつばかりになってしまったがこれできっと変わるはずだ。そんな期待を胸に抱きながら俺は父の部屋の扉をノックする。

「ヴァイスです。今、お時間よろしいでしょうか？」

「いったいどうしたんだ？　私は忙しいんだが……これからフィリスが魔法学校で着るためのドレスを選びに店へ行かなければいけないんだ」

父の冷たい反応に俺の胸はずきりと痛む。フィリス、フィリス、義理の妹が来てからというものいつもそればかりだ。昔は俺のことを後継者だと、自慢の息子だと言ってくれていたというのに……。

「申し訳ありません、父上。ですが是非とも見ていただきたいものがありまして……影よ。在れ!! ご覧ください。俺はようやく闇魔法のレベルが2になりました」

俺の言葉と共に影がもう一人の俺となってその存在感を示す。そして、俺と同様にお辞儀する。

これが俺の使える闇魔法レベル2である。これで中級魔法を使えるようになったのだ。十五歳という年でここまで魔法を使える者はそういない。王都の魔法学園でも上位だろう。

血のにじむような努力をして手に入れた力だ。これならきっと父上も昔のように褒めてくれるはずだ。だけど、俺のその淡い期待はあっさりと砕かれた。

「なんだ……そんなものか……」

「そんなものって……お言葉ですが、俺の年でここまでできるのは一部の人間だけですよ。ロザリアもここまでできるようになったら一人前の魔法使いと名乗っていいって言っていたんですよ!!」

俺の言葉を聞いても父上の冷めた表情は変わらない。なんでだ? 俺は頑張ったんだ。ロザリアだってこの年でレベル2になれるのは天才だと言ってくれた。父上を驚かせたくて、ここまでできるようになったことを父上には内緒にしてもらうようロザリアに頼んだくらいなのに……なのになんでこの人は認めてくれない!?

「ふん、お前が拾ってきたメイドの言葉なんぞどうでもいいわ。それにフィリスなら4属性もお前と同じレベルまで到達しているぞ。まあいい、ヴァイス、お前は魔法なんて覚えなくてもいい。領主になるフィリスのサポートをするために、事務仕事を学んでおけ。お前がもうちょっと優秀ならフィリスとの子も期待できたが……あいつは外見も良い。王都で才能のある男を捕まえてくるだろうよ」

「フィリスが領主……ですか……」

その一言で俺を支えていた全てが崩れていく気がした。だって、俺は子供の頃からここの領主になるべく育てられてきて……俺はそのために努力してきたのに……ぽっと出の義妹に全てを奪われるのか……？

じゃあ、俺の努力はなんだったんだ？　父上がかつて俺にかけてくれた言葉はなんだったんだ？　お前は私の誇りだと、大事な後継者だと言ってくれた言葉はなんだったんだ？

その後、俺はどうやって自分の部屋に戻ったのかいまいち覚えていない。ロザリアが何やら話しかけてきたが全てが煩わしかった。

そして、逃げるようにして眠りついた俺を次の日の朝に待っていたのは、買い物に行った父が事故で死んだという報告だった。

突然の訃報に家は大騒ぎだった。そして、臨時の領主に選ばれたのは俺だった。フィリスが屋敷にいればどうなったことかはわからなかったが、あいつは王都の魔法学園にいるのだ。消去法的に選ばれたのである。理由はともかく領主になった俺は父の名に恥じぬように頑張ることにした。あの世に行った父を見返したかったという気持ちがなかったかというと否定はできない。

領主としての仕事は多岐にわたり、俺は毎度苦労をさせられた。屋敷の者達からも舐められていたのだろう、経理の担当が金を持ち逃げした。飢饉がおきたのでなんとかしようとしたら、余計なことをするなと怒られた。何をやっても怒られた。

一生懸命やっているのにすべてがうまくいかなかった。そのたびに父が最後に言った「領主はフィリスがふさわしい」という言葉が頭をよぎり……そして、俺は全てがどうでもよくなった。

ロザリアが優しく俺を励ましてきたが煩わしかった。カイゼルが俺を叱りつけてきたが、うるさいだけだった。そして、バルバロが俺に酒の味を教えてくれた。酒を飲むと辛いことを忘れられてその時だけは生きていていいのだと思える気がしたのだ。

そして、俺はバルバロに全てを任せて酒に逃げたのだ。その結果、無様にも領民に刺されて生死をさまよった。

『これが親にも愛されず、何もできなかったヴァイス＝ハミルトンの人生だよ。笑えるだろ？』

真っ暗な闇の中で、俺の目の前で自虐的に唇をゆがめている男は今の俺と同じ顔をしていた。いや、俺が彼と……ヴァイスと同じ顔をしているのだ。

『お前はずいぶんとうまくやったみたいじゃないか。見事、領民や兵士達のご機嫌をとってさ……みんなお前のことは信頼しているみたいだな。本当に羨ましい限りだよ。お前がすごいのか……俺が無能すぎるのか……はは、これじゃあ父上が正しかったみたいだなぁ。本当に俺は領主に向いていなかったみたいだ』

「それは違うぞ。俺は……」

『違わねえんだよ!! だってお前はうまくやれてるじゃねえかよ!! お前が俺の記憶を覗いたように俺だってお前の記憶を覗いていたんだよ。お前は異世界の住人なんだろ!? この世界に不慣れなはずなのに俺よりもうまくやってるじゃねえかよ。俺よりも優秀じゃねえかよ!!』

「俺の記憶も見たか……だったらお前だって俺が優秀じゃないのはわかってるだろ……」

俺の言葉に初めてヴァイスは気まずそうに顔を逸《そ》らした。そう、俺だって前世で別に優秀なわけじゃなかった。俺にも彼と同じように優れた妹がいたのだ。彼との違いは、両親がそんな俺を見捨てなかったことと、妹を特別扱いはしなかったことだろう。だからだろう、俺が行きたかった大学を滑り止めにするくらいの優秀な妹に劣等感を感じていたけれど、そのおかげであって、俺は俺だと割り切ることができたのだ。

そして、俺は自分と同じ劣等感を持っていたヴァイスに興味を持って……色々と調べてヴァイスは俺の推しになり……幸せにしたいと思ったのだ。

「だいたい俺がなんとかなったのはゲームの知識を持っていたからだし、成功したのはヴァイス……お前が頑張っていたからだよ」

『何を言ってやがる。さっきも言っただろう。俺は何もできなかったって……俺には何もなかったって……』

「そんなはずはないだろう!! お前は俺を通して見たはずだ。ロザリアの献身を!! それに、カイゼルの忠誠心はお前に左遷されても変わっていなかったよ。二人がお前の力になってくれたのは、元々お前が頑張ったからだろ!! そして、異世界の住人にすぎない俺があんなにあっさりと魔法を使えたのはお前が頑張ったからなんだよ!!」

俺はいまだグチグチ言っているヴァイスに怒鳴ってしまった。だって……推しキャラが自分のことを自虐的に言っているのは耐えられないだろう？

「俺はあくまでお前ができたであろうことを効率よくやっただけにすぎないんだ。お前もすごい奴だったんだよ!! お前がこれまで一生懸命やったから俺は成功できたんだ。お前の努力があったから今があるんだよ!!」

『そんな……俺はただ適当に……』

「違うだろ!! 領地運営だって一生懸命やったから失敗して悔しかったんだろ？ 俺がお前を推したのは一生懸命頑張ってもうまくいかない辛さを知っていることに共感したからだ!! お

前の在り方に共感したんだよ。お前は俺の記憶を見たって言ったよな？　だったらお前だってわかっているはずだ。俺がお前を推していたことを、俺がお前を救いたいって思ったことを!!」

俺の言葉にヴァイスは押し黙る。そして、しばらく沈黙したあと、彼は俺をまっすぐ見つめて言った。

『ああ、見たよ。お前が俺を本気で応援してくれたことも……本気で俺の未来を変えたがっていたってことも……あれが俺の……俺達の最期なんだな……なあ、俺のことはどうでもいい、ロザリアだけは助けてやってくれ……』

俺の手を握って彼は懇願するように言った。自分のことよりもロザリアのことを想う彼を見て、さすがヴァイスは俺の推しキャラだということを改めて感じられて嬉しい気持ちになれた。

そう、彼は元々歪んでいたわけではないのだ……いつも一生懸命だけど、どこか不器用で……そして、俺に似ている青年なのだ。

「いやだね。俺はロザリアだけじゃなくて、お前のことも幸せにする気でいるんだ。だからロザリアもお前も救ってみせるよ」

『ははは、欲張りな奴だなぁ……でも、そうだな。それくらい強欲じゃないとバットエンドをハッピーエンドになんてできないのかもな……ダメ元で神様に祈ったけれど、お前が来てくれてよかったよ。お前はさ……子供の頃の俺に似ているよ。何も知らなかった頃の俺にさ……だから、お前が俺に転生できたのかもな……これからはロザリアと俺の領地を頼む』

そういうとヴァイスの輪郭が徐々に薄れていく。ちょっと待った、俺は今お前も幸せにするって言ったばかりだろうが!?

俺が彼の方に手を伸ばすと彼はさきほどまでの皮肉気な笑みではなく、どこか憑《つ》き物《もの》が取れたような笑顔を浮かべて俺の手をつかんだ。

「待てよ、どこに……」

『俺はお前と一緒になるんだよ……いや、正確にはお前が完全に俺になるというのかな……それが神との契約だからな。頼むぜ。ヴァイス＝ハミルトン。お前ならこの領地を立て直し、俺とロザリアをハッピーエンドにしてくれるって信じているよ。それに……さっきの上級魔法は、すごかったよ……お前とならフィリスだって越えられるかもしれないな』

その言葉と共に、今度は俺の胸がズトンと突き刺されるような衝撃に襲われる。妹を越える……越えられるって言ったのか？　妹との差に絶望していたお前が……。

だったらやってやろうじゃねえかよ!!　ゲームで見たことのない晴れやかな笑顔のヴァイスを見つめかえす。

「そうだな……たぶん俺一人じゃ無理だ……だけど、お前とならいけると思う」

『ああ、一人では無理でも二人ならできるはずだ。俺は眠るけどさ……頼むぜ。相棒』

その言葉と共に俺の意識がどんどん遠のいていく。もちろん、俺の妹とフィリスは別人だ。

だけど……それでも、彼女を越えれば俺の胸のしこりもなくなる気がした。

そして、再び闇へと落ちるのだった。

◆

「ヴァイス様、ヴァイス様!!」

「ん？　ロザリアか……」

「よかった。目を覚ましたのですね。領主様の部屋に行ったらいきなり倒れて心配したんですよ。疲労がたまっていたのでしょうね。今はゆっくりとおやすみください……あれ？　なんで泣いて……」

ロザリアを見ると同時に、愛おしさと、申し訳なさ、そして、再び会えたという感情と共に、彼女とヴァイスの記憶が同時に襲ってくる。ああ、これはヴァイスの感情の残滓《ざんし》だ……お前がどれだけロザリアをちゃんと大切に想っていたかわかるよ。

「ロザリア……今までごめん……そして、ありがとう。ずっと俺を守ってくれてさ……今度は守るから……絶対幸せにするから」

俺が泣きながら彼女を抱きしめると、ロザリアはしばらくあっけにとられた顔をしていたが、まるで幼い子をあやすように抱き返して、優しく言った。

「いやですねぇ……。怖い夢でもみたんですか？　私はもう、幸せですよ。だって、一番大切な人の……あなたの近くにいれるんですから」

ヴァイス……俺は誓うよ。彼女を守るって……この気持ちはあいつのものでもあり、俺の感情にもなった。俺はおまえの分も……いや、お前と一緒にこの領地を守るんだ。

ロザリアは俺が泣《な》き止《や》むまで、ずっと優しく、抱きしめてくれていた。

『ヴァイス＝ハミルトンと完全に同化しました。おさえられていたスキルが完全に同化します。また、これにより世界線が移動しました』

どこかからか無機質な一言が響いた。

ヴァイス＝ハミルトン

職業　領主

通り名　無能悪徳領主？

民衆の忠誠度　20

武力　40→45
魔力　50→65
技術　20→25

スキル

闇魔法　ＬＶ2
剣術　ＬＶ2

ユニークスキル

異界の来訪者
異なる世界の存在でありながらその世界の住人に認められたスキル。この世界の人間に認められたことによって、この世界で活動する際のバッドステータスがなくなり、柔軟にこの世界の知識を吸収することができる。

二つの心

一つの体に二つの心を持っている。魔法を使用する際の精神力が二人分になる。なお、もう一つの心は完全に眠っている。

推しへの盲信（リープ オブ フェース）

主人公がヴァイスならばできるという妄信によって本来は不可能なことが可能になるスキル。神による気まぐれのスキルであり、ヴァイスはこのスキルの存在を知らないし、ステータスを見ても彼には見えない。

二章　鮮血の悪役令嬢アイギス

「アイギス……君の部下もみんな投降した。利用されていただけの君を殺したくはない……だから、その剣を置いてくれ」

金髪の端正な顔の青年と赤髪の美しい少女はお互い剣を構えて対峙《たいじ》している。少女は全身傷だらけで、特に肩に受けた矢傷がひどく、このままでは遠くない未来に死ぬだろう。

「だからなんだというの？　お優しいあなたは私を助けてくれるって言うのかしら？」

「ああ、もちろんだ。その傷だって僕の仲間に頼めばすぐに治療できる。だから……」

青年が人を安心させるような優しい笑みを浮かべて少女に近寄る。だが、それに対して少女は鼻で笑いながら剣を振るう。

「完全な善意……眩《まぶ》しいわね。でも、私はそんなものを信じるほど甘くはないの。どうせ信じても裏切られるくらいなら……私は自分だけを信じて戦うわ!!」

「アイギス……僕は……」

少女の叫びに青年は悲痛な表情を浮かべる。だが、少女には彼の救いたいという気持ちは届かない。善意に満ちた言葉だからこそ、彼女の心には響かない。

「私はあなたが嫌いなの!!　それにね……もうどうでもいいのよ!!　私が守りたかったものは

もう……」

そして、剣の打ち合う音がしばらく響き、『鮮血の悪役令嬢』アイギス＝ブラッディはその生涯を終える。

これが何度も剣を交えた好敵手との最後の戦いだった。そして、この決戦イベントはゲームではムービーが流れ、ＣＧの迫力と声優の演技力もありプレイヤー達は熱狂しながら見入ったものである。特に何とかアイギスを救いたいと思っていた彼女のファン達は号泣して何度も見直すくらい衝撃的なシーンだった。

散々利用され、悪役令嬢とまで侮蔑された彼女に主人公の言葉はもう届かなかった。だけど……彼女がまだ信じる心を残している幼少期にそんな言葉をかけられたらどうだろうか？

もしも、他人の善意を信じることができない彼女に手を差し伸べた人間が、善意だけではなく、打算もあって救おうとしていれば結果は変わったのではないだろうか？　アイギスのファン達はそんなことを思うのである。

◆

訓練場では剣と剣のぶつかり合う音が響いている。あれから領地は治安も大分よくなってきた。それで俺が何をやっているかというと……。

「腕を上げましたな、ヴァイス様」

「それは皮肉か、カイゼル？　ボコボコにされてばかりなんだけど……」

俺は魔法の訓練に加えてカイゼルと剣術の訓練をしているのである。多少は戦えるようになってきたが、カイゼルにはあしらわれてばかりだ。

俺が文句を言うと、彼はなぜか嬉しそうに微笑んだ。

「私は剣に生涯を捧《ささ》げてきましたからね。そう簡単に負けるわけにはいきませんよ」

力こぶをつくって強さをアピールするカイゼル。そして、彼は俺を見つめ……。

「それにしても……あのヴァイス様が、再び私に剣を習いたいと言ってくださるなんて……感激ですぞーーー!!」

そう言って涙を流しながら、抱き着いてきた。そんな彼を暑苦しく思いながら、俺はもっと強くならなければと心に誓う。ロザリアと共に生き、ハミルトン領を強くすると決めたのだ。これからおきる戦乱を生き残るには、領主としてここを発展させるだけではなく、俺自身の戦闘力も必要だ。

それに……ゲーム通りだったらそろそろアレがおきるからな……頭をよぎったクソイベントに俺の心が重くなる。

「は……すいません。つい嬉しさのあまり取り乱してしまいました」

「いやいや、気にするな。それだけ心配してくれていたってことだろ？　嬉しいよ」

申し訳なさそうにしているカイゼルに対して、俺は笑顔で答える。彼は俺やロザリアと同じヴァイス推し同盟だからな。むしろひどいことをしたというのに、こんなにも忠誠を尽くしてくれる彼には感謝しかない。

まあ、抱き着かれた時はちょっと汗臭かったけど……。

「ありがとうございます。それでは今日の訓練は終わりにしましょう。それと、バルバロの情報のおかげで犯罪組織の摘発は順調です。噂を聞いた連中もハミルトン領から逃げ出しているとのことです」

「そうか、ありがとう。これからも頼むぞ」

「はい、お任せください、ヴァイス様」

敬礼しているカイゼルの後ろで、遠目にこちらを見ていた兵士達の何人かも同様に敬礼しているのが目に留まった。全員とは言わないが、犯罪組織に同行した連中のほとんどは俺に挨拶をしてくれるようになったし、魔法について聞かれることもある。

少しは認められたって感じがして、かなり嬉しい。

そして、俺は彼らに手を振って訓練場をあとにするのだった。

俺は、自分の部屋で仕事をしていたが、ようやく一区切りついたので体を伸ばす。

「まだ、ロザリアが帰ってくるまで時間はあるな……」

少し前、冒険者ギルドにとある調査を依頼していた。その調査が終わったと報告があったので彼女に結果を聞きに行ってもらっているのだ。

幸い書類の処理も慣れてきたので余裕も出てきた。せっかくだし、秘密の特訓をしにいくかな。そんなこと思って裏庭に向かっていると、ホウキを持って庭掃除をしているメグと目があった。

「あ、ヴァイス様、特訓ですか？　では、お腹《なか》がすくと思うので、あとでサンドイッチを持っていきますね。ロザリアのより美味しいって言わせてみせますから」

「残念だな、ロザリアを超えるのは簡単じゃないぞ。あいつは俺の好みを完全に把握しているからな」

「そうですねー、あの子はヴァイス様を慕ってますからね。じゃあ、二番目にヴァイス様のことを理解しているメイドを目指します。その代わり給料も屋敷で二番目に高くお願いしますね」

「はは、そうだな。ロザリアがオッケーしたら考えてやるよ」

俺とメグは慣れた感じで軽口を交わす。バルバロの件以来彼女に気に入られたようで、こんな風に気安い言葉を交わすようになっている。

俺が変わったからって現金な……なんて思わない。前世と違って労働法などないのだ。貴族の気分でクビになったり、ひどい時には殺されたりもするのだから、クソな領主に対してこんな風に軽口は叩けないだろう。

これはメグが俺に心を開いてくれている証拠なのだ。それに、彼女が俺をみんなの前で褒めてくれているせいか、最近は屋敷の人間だけでなく、出入りの業者なども話しかけてくれるようになってきたのだ。

しばらく使用人達と雑談してから、中庭に着いた俺は深呼吸をして精神を落ち着かせる。メグもサンドイッチが入ったバスケットを持ってついてきた。仕事はいいのだろうか？

「さて……そろそろ始めるぞ。今の俺だと上級魔法は二発が限界だ。王級魔法はどうだろうな……」

色々と試しているのだが、本来まだ覚えていないはずの上級魔法を使うのは負担が大きいらしく、一週間前に上級魔法を二回使ったら気分が悪くなり倒れてしまったのだ。

しかし、それ以降も日常で魔法を使うようにしているので、徐々に使える回数は増えていくはずだ。

まあ、それはいい……あとは俺が王級魔法を使えるかどうかだ。

「王級魔法ってたしか上級魔法よりもすごいんですよね？」

「ああ、上級魔法の上が王級魔法だな。エリートの宮廷魔術師の中でも一部しか使えないくらいすごいんだ。ちなみに伝説的な存在だが、その上には神級魔法っていうのもあるぞ」

王級魔法が一般的に最上位と言われている。ゲームで言うと、メラゾーマやファイガみたいなものであり、魔法のレベルが4になるとようやく使えることになる。今の俺はレベル2だから二段階飛ばすことになるのだ。そりゃあ、中々成功しないわけだ。

だけど……俺はヴァイスならできると思う。彼には才能はあった。もしも……ゲームのように死なず、まっとうな特訓をしていれば、やがて王級魔法を使えるまでに成長していた可能性はあるのだ。

「ねえ、ヴァイス様、ロザリアとも特訓しているのに……こんな風に自主的な特訓までして、王級魔法を使えるようになる必要があるんですか？」

メグの質問はもっともである。本来なら領主は戦いになんて参加する必要はないからな。だけど、俺は、この街が今後戦乱に巻き込まれることを知っているのだ。

だから、力強く答える。

「ハミルトン領は領主が変わって舐められているからな。どこかに戦争を吹っかけられるかもしれない。そうなった時にお前らを守るための力が欲しいんだ。そのために試せることは全部試しておきたいんだよ」

「ヴァイス様……うふふ、そうやって夢を語る姿は昔みたいで素敵ですね。それともロザリアにいいところを見せたいっていう男心でしょうか？」

「からかうなっての。さぼってるってロザリアに言いつけるぞ」

メグの軽口に気恥ずかしいものを感じながら言い返す。どうやら俺がロザリアに抱き着いて泣いていたところを誰かが見たらしく、ちょっと噂になっているらしい。

でも、今の軽口で少し心が落ち着いた。まさか俺をリラックスさせるためにわざと軽口を叩いたのだろうか？　にやにやと楽しそうに俺を見ている彼女の反応からそれはないなと思いなおす。

まあいい。気をとりなして特訓だ。俺は脳内でゲームの時に何度も見た映像をイメージして魔力を込めて詠唱をする。

「常闇を司《つかさど》りし姫君を守る剣を我に!!　神喰《しん》の剣!!」

俺の影が闇よりも濃厚な漆黒の女性の影に変化すると共に、俺の持つ剣を影が覆って……そのまま霧散していく。それと同時に脳が焼き切れるような頭痛がして気分が一気に重くなる。

くっそ……ダメなのか？　俺じゃあ、王級魔法は使えないのか……意識が朦朧《もうろう》としていき、足にも力が入らずにそのまま地面が近づいてきて……。

「ヴァイス様!?」

誰かの声がして、なにか柔らかいものに受け止められた。あのまま倒れていたらちょっと危なかったかもしれないな。

「ありがとう……ロザリア」

「残念、メグでしたー。私もちゃんとメイドをできるってことですよ。大丈夫ですか、ヴァイス様……ロザリアから無理をするかもって言われて気を付けていてよかったです」

そう言われると、ロザリアに比べて、色々と小さいような……ってそうじゃない。急いで駆け出したのだろう。バスケットに入っていたサンドイッチが散乱しており、彼女の髪も乱れてしまっている。

「ああ、心配かけたな、ありがとう、メグ。もう大丈夫だ……」

慌てて起き上がろうとするが魔力を使いすぎたからか、それとも、本来使えない魔法を使用しようとして限界を超えたせいか、体に力が入らない。

「もう、ヴァイス様は甘えん坊ですね。無理は禁物ですよ。でも、こんなところをロザリアに見られたら後が怖いので、急いで部屋に運びますね」

「ああ、悪い……力が入らないんだ……」

確かにロザリアに見られるのはなんとなくまずい気がする。いや、ロザリアの感情が恋愛感情なのかどうかはわからないけど……。

「それにしても、こんなところでハグをするなんてヴァイス様は積極的ですね」

「お前楽しんでるだろ……」

「いえいえそんなこと……あ……」

俺が呻《うめ》きながら、つっこみを入れるとメグは楽しそうに笑っていたが、なぜかその笑顔が固まった。

「ヴァイス様……なぜ、こんなところでメイドと抱きあっているのでしょうか？」

「いや、これには深い事情がだな……」

「ヴァイス様ったら積極的なんだから……♡　メイド風情の私では断り切れずつい……」

「お前、俺を売ったな!!」

俺達のやり取りを見て大きくため息をつくロザリア。少し拗《す》ねているような顔をしているのは気のせいだろうか？

「大方、魔法の特訓をしていて、ヴァイス様が無茶をしすぎてメグに助けられたのでしょう？　ヴァイス様、あまり無理をしてはいけませんよ」

そして、そんな彼女は咳払いをすると真剣な顔で俺を見つめる。

「大変です。ヴァイス様のおっしゃる通り最悪な事態が判明しました。情報によると例の場所で何人か冒険者が探索に行ったまま帰ってこないそうです」

「やはりか……」

その言葉で俺達の間に真剣な空気が流れる。メグも空気を読んで黙る。それにしても……嫌な予感ばかり当たるものだな。

魔力回復ポーションを飲んで回復した俺は、無茶をしたことをロザリアに説教されたあと、自室に戻って、彼女が冒険者ギルドから持ってきた報告書に目を通す。

ハミルトン領の外れの山で、多数の魔物を目撃したとのことだ。オークやゴブリンなど様々な魔物がいつもより多くいるらしく、報酬目当てにそいつらを狩りにいった冒険者が何人も消息不明になっているようだ。その様子に俺はゲームのイベントを思い出す。

おそらくこれはスタンピードという魔物の大量発生の前兆だ。

「確か主人公達はヴァイスを倒したあとに、ハミルトン領だけでなく周辺の領土まで侵食している魔物の群れを倒すんだよな……放置されていた魔物達を倒すことによって、領民の信頼を得るイベントだ……やはり、これが原因なんだろうな」

魔物は強力だ。なんらかの手段を考えねば、大量発生した魔物達が我が領土を襲ってきてせっかく上がった領民の忠誠心もまた下がるだろう。それに……少し話すようになって俺も彼らに愛着がわいている。なんとか犠牲が出ないようにしたいものだ。

どうするべきか……俺がため息をついていると、ノックの音と共にロザリアが入ってくる。

「失礼します、ヴァイス様。お昼を持ってきました。その……私の料理が大好きということでしたので、一生懸命作らせてもらいました」

「メグの奴、余計なことを言いやがって!!」

「うふふ、嬉しかったですよ。これからも頑張りますからね」

彼女は俺と目が合うとニコッと笑ってくれたが、この前の大号泣以来、ヴァイスの感情も入り交じっているのか、少し気恥ずかしいのだ。あの時泣いたのは俺じゃないんだ。ヴァイスなんだよぉぉぉ!!　と言いたいが頭がおかしいと思われるだけだろう。

そんな気持ちを誤魔化すようにしながら彼女に質問する。

「これって本当なんだよな。魔物の巣が五つも発見されたって……今からカイゼル達にお願いして、討伐しに行ったらダメなのか？」

「中途半端に刺激することになると思うのでやめた方が良いと思います。それに、ハミルトン領の衛兵は洞窟などの狭いところでの戦闘の経験はあまりないですし、大人数で戦うには向いていません。セオリーとしては強力な冒険者を雇うことですが……」

「この前の借金を返済したり、治安向上のために衛兵を大量に雇ったのと、新しい産業の発展のために結構金を使ってしまったんだよな……」

「はい……あんまり無茶はできないですね……」

「周囲の領地に援軍を頼むのは難しいか？　魔物が溢れたら近くの領地も他人事じゃないだろ」

「そうなのですが……その……先代と違ってヴァイス様はあまりパーティーなどに出られなかったので伝手《つて》が……」

「まあ、いきなり大して交流もないのに、力を貸せって言っても断られるよな……」

俺とロザリアは大きくため息をつく。衛兵が増えたとはいえ、仕事にあぶれていた人間を雇っただけであり訓練中だ。まだまだ実戦で使えるわけではない。

かといって、民衆の忠誠度もまだまだ低いので再び重税など課せばどうなるかは想像に容易い。やっべえ、詰んでるじゃん!!　だけど、あきらめるな俺!!　ヴァイスやロザリアを幸せにするんだろ!!

「幸いまだ魔物達が洞窟から出てくるまで時間はあるそうです。何とか対処法を考えましょう」

「ああ、そうだな……」

「失礼します、ヴァイス様。お手紙ですよー」

重い空気の中ノックが響いてメグが部屋に入ってきた。彼女の明るい声に少し心が安らぐ。

「ああ、ありがとう。どんな内容だ？」

「はい、ブラッディ侯爵家から、娘さんの誕生日パーティーのお誘いのようですね。あそこの次女のアイギス様はヴァイス様とお年も近いですし、話し相手にと思ったのかもしれません」

「パーティーか……今はそんなのに参加してる場合じゃ……待て!!　アイギスって、アイギス＝ブラッディか!?」

メグの言葉に俺は思わず大きな声を上げる。アイギス＝ブラッディはゲームの後半で戦う敵キャラである。なんでも婚約破棄を申し出た婚約者の首を引きちぎって、鮮血をまき散らしたことから、『鮮血の悪役令嬢』と呼ばれていたのだ。

彼女はゲームで敵キャラとして登場し、先祖代々伝わる魔剣を使いこなす上に、心眼による回避力アップや、防御無視攻撃、二回攻撃などチートに近いスキルを使う強敵だった。

誰にも心を開かず部下を駒のように使う、美しいけど気難しい女性キャラだったが、その徹底した冷徹さから、女性人気が高いのと、一部のM属性を持つ男性が熱狂的なファンとなっているのだ。

迂闊に関わらない方がいいんじゃ……本来ならばそう思う俺だったが、ブラッディ家は有名な武官だ。ゲーム開始時ではなぜか没落していたが、今はパーティーを開催するだけの力もあるようだ。

仲良くしていれば力を貸してもらえるかもしれない……。

幸いアイギスの好きなものなどのキャラ情報は頭に入っている。ゲーム知識のある俺ならば彼女に取り入ることもできるだろう。

「わかった。参加で返事をしておいてくれ」

俺は打算的に考えながら、どう彼女と仲良くなるかを思考する。軽蔑されるかもしれないが、こっちも生き残るのに必死なのだ。

それに……もしかしたら彼女にもヴァイスのように、ゲームでは語られてない辛い出来事があったのかもしれない。幸いまだゲームの展開より時間はあるのだ。救えるなら救いたいと思うんだよな……。

「ヴァイス様……大丈夫でしょうか？　緊張されているようですが……」

「多分大丈夫だ。ロザリアも色々と練習に付き合ってくれたしな」

ブラッディ家の屋敷に向かう馬車の中で俺がよっぽど硬い顔をしていたのか、ロザリアが心配そうに声をかけてくる。前世では礼儀とは無縁だった俺だが、ヴァイスはきっちりと学んでいたのだろう。一度教わると不思議なくらい頭の中に入ってきたのである。

とはいえ、実際やるとなると緊張するものだ。俺は推しになったのだ、無様な姿は見せられないと気合を入れる。

「これをどうぞ……心の落ち着くハーブの香りを染み込ませております。緊張した時はこれをお使いください」

「ロザリア……ありがとう!!」

「うふふ、私はヴァイス様の専属のメイドですから」

俺はお礼を言いながらハンカチを受け取り、さっそく香りをかぐ。すると本当に心が落ち着いてきた。確かにこれは効果があるな。

「ヴァイス様……自分で渡しておいてあれですが……目の前で私物の匂いを嬉しそうにかがれるとちょっと恥ずかしいです」

「そういうこと言われると変に意識しちゃうからやめてくれる？」

俺はハンカチを見ながら顔を赤くするロザリアに、つっこみを入れてから、馬車を降りてブラッディ家の屋敷の方へと向かう。

パッと見た感じブラッディ領の街にあまり活気がないのが気になったが、領地自体がうちの何倍もあるだけあって、屋敷もかなり立派だ。俺はロザリアと共にパーティーホールへと向かうのだった。

「すっげぇ」

俺はそこに広がる光景に思わず感嘆の声を上げた。パーティーホールでは豪勢な食事と共に綺麗《きれい》に着飾った男女が談笑しているのが目に入る。まさにゲームやアニメで見た貴族のパーティー会場だ。こういう集まりでは偉い順に貴族が主賓に挨拶をして、自分の番が来るまでは友人と談笑するのだが……。

そう、ヴァイスは、身分の低い地方貴族であり、領主の後継者から外されたので、あまり社交経験がない。その上、最近は引きこもっていた上に、領地の治安を悪化させたということもあり悪い意味で注目を浴びているのだ。

つまりはぼっちである。ロックバンドでもするか？　バンド名は結束バンドかな……などと考えている場合ではない。くそ……前世で先生に二人組を組んでと言われて困った忌まわしい記憶が思い出されるぜ。

だが、そんな俺にも今は救いがある。

「ロザリア……」

俺が声をかけようとした彼女は、同じメイド仲間なのだろう、どこかのメイドと楽しそうに談笑をしている。

これは邪魔をしたらまずいな……俺に救いはないのだろうか……そんな風に絶望している時だった。

「おや、親友殿!! 久々じゃないか。色々と災難だったようだねぇ」

そう言ってこちらにやってくるのは胡散臭《うさんくさ》い笑みを浮かべた少年だ。年齢は俺と同じくらいで、知性を感じる細い目に、中性的な美しい顔をしている。

いや、誰だこいつ……ゲームにも出てきていないぞ。というか俺に声をかけているのかも怪しいしな……とりあえずどうしようかと悩んでいると、彼は俺の目の前でやたらとポーズをとりながら、再度声をかけてくる。

「おやおや、どうしたんだい親友殿よ。まさか僕のことを忘れたのかい？ いやいや、忘れたとは言わせないよ。君の親友のナイアルだよ。一緒にメイド調教物のエロ本を読んで、ロザリアに『まだ早すぎます』って怒られた仲じゃないか!!」

圧がやべえな!! そして、イケメンだからか、無駄に変なポーズも似合うのがむかつく。

「ろくな思い出じゃねえな、おい!?」

「はっはっはー、やっと口をきいてくれたね。でも、君がメイド萌《も》えに目覚めたのは僕のせいじゃないぜ。それともお見舞いに行かなかったことを怒っているのかい？　さすがの僕もそこは空気を読むさ。君の領地は後継者問題などで大変だったからね。邪推をされたらお互い大変だろう。その代わりと言ってはなんだが、君には『ジョセフィーヌ』を送ったと思うけど可愛がってくれているかな？」

「ジョセフィーヌ？」

なんだろう、犬かなんか送られていたのだろうか？　だったらロザリアが何か言ってくるはずだしな……そもそも見舞い品なんて触手みたいなキモい食虫植物しか来てないんだが……そういえば親友からって書いてあったのを思い出す。

「あのキモい花を送ってきたのはお前だったのかよ!!　あの植物、勝手に虫とか触手で取ってて、ちょっと怖いんだけど!?」

「キモいとは失敬な。あの美しさを理解できない……その点だけは君と意見が合わないねぇ。まあ、いいさ。僕の領地では様々な植物を育てていてね、そのおかげか珍しい植物も産まれてくるのさ」

そして、彼をじっくりと見つめて胡散臭く微笑んで手を差し出してきた。

「でも、元気そうでよかった。本当に心配したんだよ」

まあ、この距離感からして本当に親しかったぽいし、変に警戒するほうが怪しまれるだろう。

俺は彼と握手を交わし、ついでにステータスを見ようとするが、なぜか何も起きなかった。

なんで何も映らない？　何か魔法でも使っているのか？　いや……こいつの存在はゲームをやりこんだ俺でも知らなかった。まさか、ゲームに登場しない存在に関してはステータスを見ることができないのか？

だったら、まずい。俺のアドバンテージが通じない相手が多数いるということになる。そして、それは俺がゲームとは違う道を進むにつれて増えてくるだろう。

「どうしたんだい、まるで山でオークに出会ったみたいな顔をして……」

動揺している俺を見て何かを勘違いしたのか、ナイアルは一人でぺらぺらとしゃべり続ける。

「ああ、なるほど、最近引きこもりがちだった君がわざわざやってくる理由、そして、君の視線……君も彼女の婚約者候補になるのが目的だろう？　ブラッディ家の次女アイギス＝ブラッディのね!!」

そう言ってナイアルは主賓達の席を指さす。いやいや、俺はお前を見て驚いていたんだが……だけど、言われてみると俺の視線の先には鍛えられた体軀《たいく》の壮年の男性と、俺より少し年下の血のように赤い髪の美少女が座っていた。

赤髪の少女は壮年の男性が来客の貴族と話しているのをつまらなそうに見つめているようだた。そのどこか人を寄せ付けない表情を俺は知っている。

彼女……アイギス＝ブラッディはこのころから他人に興味がないのだろうか……。

ゲームでの彼女は婚約破棄をしてきた婚約者の首を引きちぎり、戦場で先祖代々伝わる魔剣

を振りながら戦うその苛烈さは、『鮮血の悪役令嬢』にふさわしい姿だった。

そんな彼女もまた、ヴァイスのように悲惨な最期を迎える。アイギスは徐々に主人公達に追い詰められながらも、最期まで魔剣を手に振るって戦い続けていた。

主人公が何度降伏をすすめても一向に話を聞かず斬りかかってくるため、最終的には一騎打ちで斬りあって死ぬのである。

「彼女は顔だけは美しいからね。だけど、あれは刺《とげ》だらけの薔薇《ばら》だよ。ほら、見てみなよ。君の隣の領地のヴァサーゴもコテンパンにやられるぜ」

ナイアルの言う通り、意気揚々といった様子で、俺より年上の青年がアイギスに声をかけるが、彼女が興味なさそうに何かを言ったかと思うと、青年の表情は固まり、そのまま半泣きで戻ってきた。

「あのクソアマ……舐めやがって……」

青年はぶつぶつと貴族らしくない言葉を呟《つぶや》きながらそのまま会場から出て行ってしまった。

待って？　何を言われたんだよ。メンタルぶっ壊されてるじゃん。

「あれ、でも……彼もって他に誰かフラれたのか？」

「フッ、ちなみに僕は三秒でフラれたよ」

俺の質問にナイアルはキザったらしい笑みを浮かべて言った。お前もかよ!!　しかし、顔はいいこいつでもダメなのか……確かに胡散臭いしな。結婚詐欺とかやりそう。

「親友殿、今なんかすごい失礼なことを考えなかった？　実は結構へこんでるんだけどなぁ!!」

「気のせいだって……噂通り中々苛烈な性格だな」

俺が衣服に乱れがないか確かめていると、ナイアルが興味深そうに目を輝かせる。

「おや、今のを見ても行くのかい？」

「ああ、俺には秘策があるんだ。いきなり、口説こうとするから失敗するんだよ。見てろよ」

俺は胡散臭い顔をしているナイアルにドヤ顔で返す。

前世で『モテるコツ』、『簡単に彼女を作る方法』などの本を読んでいた経験を見せるしかないな。え、実績？　女の子に声をかけられるような勇気あったら童貞じゃねえよ。

だが、俺はかつての俺ではない。顔もイケメンだし、何よりも俺には秘密兵器がある。ファンブックに書いてあったが彼女は薔薇の花が大好きなのだ。もちろん今回のために街で買っておいてある。

それに今の俺はヴァイスだ。フラれるはずがないだろう。俺がアイギスと同じ立場だったら喜んでダンス踊るもん。

「本日は招待していただきありがとうございます。ラインハルト＝ブラッディ様」

「おお、よく来てくれたね、ヴァイス＝ハミルトン。君のご両親はお気の毒だったね」

「はい……バタバタしてしまってご挨拶が遅れてしまい申し訳ありません」

「気にすることはないさ。君の領地も大変だったようだからね。だが、この前領地内の犯罪者達を討伐したという噂は聞いている。君のような若者がいることを誇りに思うよ」

そう言うとラインハルト様は素直に俺の功績を褒めてくれる。その目には少しの嘲りもない。俺については悪い評判も聞いているはずだが、昔よりも今を見てくれるというのだろう。

そして、アイギスは……俺を一瞬見ると興味なさそうに視線を逸らし、庭の方を眺めていた。

うわぉ、この態度はきついな……。

「ほら、アイギス挨拶しなさい」

「……」

ラインハルトさんに話をふられたアイギスだが、彼女は興味なさそうに俺をちらりと見るだけだった。

その様子にラインハルトさんは申し訳なさそうに顔をする。

「すまないね、この子は君と年が近いから仲良くしてもらえると嬉しいんだが……」

「いえ、アイギス様も緊張してらっしゃるのでしょう」

ラインハルト様にフォローをいれたあとに、俺は精いっぱいの笑顔を浮かべてアイギスに挨拶をする。

「アイギス様、初めまして、ヴァイス＝ハミルトンと申します。よろしくお願いします」

すると彼女は……。

「そう、私はあなたが嫌いよ!!」

とだけ言ってそっぽを向くと、ドリンクが置かれたテーブルの方へと行ってしまった。その反応にラインハルト様も頭をかかえているようだ。さすが誰にも心を開かない『鮮血の悪役令嬢』である。こんな子供の時からあんな感じなのかよ。

「すまない、我が家も色々大変でね……そのせいかあの子は誰にもあんな感じなんだ。気を悪くしないでもらえると助かる」

「いえいえ、彼女も緊張しているんでしょう。気にしないでください」

ラインハルトさんは申し訳なさそうに俺に言った。俺は気にしていない旨を伝えて挨拶を終える。しかし、色々大変か……ヴァイスが父親や、義妹と色々あったように、彼女がゲームのように誰も信じなくなるのには何か事情があるのかもしれない。

ゲームでは数行のテキストで過去の経験から人を信用できなくなっていると書いてあっただけなので、実際何があったかはわからない。だからこそ、今の彼女を知り、その問題を解決することができれば、彼女を救うことができるのではないか？　そう思うのだ。

俺の悪役推しの血が騒ぐぜ。せっかくだ、彼女の心を開かせてみせる!!

「アイギス様、先ほどはいきなり声をかけてすいませんでした。お詫《わ》びにこれを受け取ってください」

彼女を追いかけ、再度気合を入れておもいっきり笑みを浮かべながら彼女に薔薇の花束を差し出す。そう……アイギスは亡き母が好きだった薔薇を見せるとゲームでも少し動きが止まるのだ。この薔薇は彼女と彼女の母との想《おも》い出《で》の品なのである。

現に彼女は薔薇を見てから、俺の目に視線を送り……。

「いらないわ、私はあなたが嫌いよ!!」

そう言うと彼女はさっさとパーティー会場から出て行ってしまった。

結局フラれんのかよぉぉぉぉ、なんかすっげえ心が傷つくんだけどな!!

「やあやあ、やっぱり親友殿もフラれたじゃないか。でも、二回も行くなんて勇気あるねぇ」

「ヴァイス様……私はあなたのことが大好きですからね」

ナイアルは笑いをこらえながら、ロザリアは優しい笑みを浮かべながら俺とアイギスのやり取りを見ていたらしく慰めてくれる。

いや、こんなんどうしろってんだよぉぉぉぉぉ!!


「ここはどこだ……?」

あのあと、俺はやけ食いをしつつ、他の貴族達となんとか談笑して、パーティーを過ごしていたが、さすがに慣れない人とずっと話していて疲れてしまい、気分転換に庭を散歩することにしたのだが……。

完全に迷ってしまった。

ロザリアー!! って呼んだら劇場版青タヌキのように助けに来てくれるだろうか……とか思っていると、目の前の草むらが少し揺れるのが見えた。

ポ◯モンみたいだな。いや、この場合は侵入者の可能性もあるのか。

ラインハルト様も色々とあるとか言っていたし、ここで不審者を捕らえれば覚えもよくなるかもしれない。俺が気配を消して草むらに近寄ると、ブオンという音と共に拳がせまってきた。

「うおおおおお、あっぶねえ!!」

「あんたは……さっきの薔薇男!! なんでこんな所にいるのよ!!」

その拳は俺の顔面スレスレで止められる。拳の主はアイギスのようだ。てか、一応は訓練も受けている俺に奇襲を決めるってこの女やべえな!!

「アイギス様、なんでこんな所に……」

「いいから静かにしなさい。でないと……」

「誰かいるのか?」

俺とアイギスが話していると、何者かの声が聞こえる。この声はラインハルト様か……俺を恨めしそうに見ているアイギスの様子からすると、盗み聞きをしようとしていたのか。

だったら……。

「ちょっと何するのよ。私を襲うつもりね? 股間をつぶすわよ」

「いいから、静かにしてくれ。影よ、我らの身を隠せ」

誰がお前みたいなガキに発情するかよと思いつつ、俺は彼女の口を手で塞いで魔法を使う。

俺と彼女の体を影が包んで、完全なる闇となる。

身動きはできないが自分の体を隠す魔法で、ゲームでは一ターン身を隠すというサポート効果がある。回復魔法の準備を整えたりするのに便利なんだよな。

「……」

アイギスは抵抗するのかと思いきや、自分の状況がわかったのか静かにしている。

視線を送るとラインハルトさんはフードを被《かぶ》った細身の男と巨体の男の二人組と密会をしているようだ。いや、マジで怪しいなこの二人……。

「すまない、気のせいだったようだ……それで……本当に寄付金を渡せば我が妻の病は治るのだな？」

「はい、わがハデス教の力ならば必ずや、奥方を救うと誓いましょう」

「わかった……指定された額は必ず払おう。その代わり頼むぞ……あと、これを売れば金になるはずだ。好きに使ってくれ」

ラインハルトさんはそう言うと、細身の男に、神秘的な輝きを持つ石が埋まった剣を渡す。

そして、男達はそれぞれ別の道を行って解散していく。こちらを通った細身の男がニヤリと笑みを浮かべたのは気のせいだっただろうか？

だが、それよりも俺には気になることがあった。

ハデス教……それこそ、ヴァルハラタクティクスにて帝国を悪の道へと進ませた邪教である。

ゲームでは主にハデス十二使徒という、四天王的な存在の相手との戦いがメインとなるのだ。

今はまだ、ゲームが始まる前のはずなのだが既に有力な貴族に取り入る準備をしていたのか……。

「お父様……あれは先祖代々に伝わる大事な魔剣だって言ってたのに……家族の次に大切なものだって言ってたのに……」

「アイギス様……」

魔法を解いた俺は自分の下ですすり泣いているアイギスを見て、言葉を失う。先ほどまでの攻撃的な彼女どこにいったのか、まるで幼い子供のように泣きじゃくっているその姿に、本当の彼女を見た気がした。

「アイギス様、ハデス教は邪教です。あいつらが約束を守るとは思いません。ラインハルト様に距離をおくようにお伝えください」

嗚咽する彼女に、今日会ったばかりの俺の言葉なんて通じないだろう。だけど、言わずにはいられなかった。奴らハデス教徒は人を利用することに対して罪の意識などない。それに、今の帝国では邪教とされているのだ。

彼らとラインハルト様がつるんでいるというのが他の貴族にばれたらまずいことになるだろうし、あいつらが自分達との関係をばらすぞとラインハルトさんを脅迫する可能性だってある。

俺のことをちゃんと評価してくれたあの人が苦しむのを見たくないと思ったのだ。

「そんなことわかってるわよ!! でもね、うちは戦争でたくさんお金を稼いだけど、戦うこと以外はからっきしなのよ!! 病の治し方なんてわからないし、駆け引きだって苦手なの。だから、私達を騙そうとしてくる奴だっている……でも、しょうがないじゃないの 一パーセントでもお母様を救える可能性があるのよ!! だったら藁にもすがるしかないじゃないの!!」

信じたくないけれど、信じるしかないのだと、そうやって泣き叫ぶ彼女を見てゲームの中の彼女と重なる。きっと彼女はこれからあとも騙され続けたのだろう。だから、彼女は誰も信じずに戦場を駆け抜けるようになったのかもしれない。

そんな彼女のことを主人公では救うことができなかった。だけど、まだ信じたいという気持ちの残っている今なら救えるのではないだろうか。

「アイギス様のお母様はどのような病気なのでしょうか?」

「なに? あなたが救ってくれるとでも言うの? 私は信じないわよ!!」

そういう風に俺を拒絶しながらも、もしかしたらと期待している彼女の目がとても痛々しい。その絶望に満ちた目は、俺が推しているヴァイスに似ていて……だから俺は彼女を救いたいと思った。だが、今日出会ったばかりに過ぎない俺の言葉は彼女には届かないだろう。だから行動で示そうと思う。

「信じなくても大丈夫です。あなたが俺は信じられなくても、俺は勝手にあなたのお母様を救うと誓いましょう」

「なによ……なんで、あんたは私のお母さまを救おうとするのよ……」

「そうですね……私の領土は弱小なので、ブラッディ家の加護が欲しいのですよ」

俺はアイギスが納得のできるような話を聞かせる。そして、それは嘘ではない。我がハミルトン領としても、有力な貴族の加護は欲しいからな。特に武力に優れたブラッディ家の力は喉から手が出るほど欲しい。

アイギスを救いたいという気持ちも、もちろんある……だけど、それだけではない、彼らに貸しを作っておけばスタンピードの時の対抗策にもなるだろう。

主人公ではない俺は彼女のピンチを利用する。そうでなくては弱者のヴァイスはこのまま生き残ることはできないのだ。

「そう……私はあなたを信じないわ。だけど、万が一のために病名だけは教えてあげる」

アイギスはじっと俺を見てから少し迷いながらも病名を教えてくれた。そしてそれはゲーム内で将来、主人公達が苦しめられることになる疫病の名前だった。

多少厄介だが、これならなんとかなるかもしれない……。

それを聞いた俺は、ゲームでの解決方法を思い出しながら、アイギスが泣き止むのを待って、パーティー会場へと戻ることにした。

「やあやあ、親友殿すごいじゃないか、あの気難しいアイギス様とデートするなんて!!　どんな魔法を使ったんだい？」

ナイアルが驚いたように言う。

「ふふ、ヴァイス様は素敵な方ですからね。当たり前ですよ。でもちょっと妬《や》けちゃいます」

ロザリアは誇らしげにそう言ったあと、少し不満そうに唇を尖らせた。一体どうしたのだろう？

二人には悪いが今はやることが山積みで頭がいっぱいである。アイギスの母がかかっている病気はハデス教団が広めた疫病であり、将来主人公達の領土を襲うことになるのだ。

まさか、こんな前からこの病にかかっている人がいたとは……この感じだと有力な権力者にとりいるための道具として利用していたのかもしれない。

ハデス教徒達が開発した病だ。治し方だってわかるだろうさ。現に主人公はハデス教の幹部を倒して治療法を得たのだから……そして、その治療法はもちろんのことだがゲームをプレイした俺は知っている。

「なあ、ロザリア……マンドラゴラの根が欲しいんだが手に入らないか？　今すぐ必要なんだ」

「マンドラゴラの根ですか……冒険者ギルドに頼めば手には入るとは思いますが……レアな素材なのでいつ手に入るかまではわからないですね……」

「そうだよなぁ……」

困った顔のロザリアに俺も唸《うな》る。主人公達はイベントでたまたま手に入れたのだが、そううまくはいかないようだ。

しかし、急いで手に入れないと……先にハデス教に治療薬を渡されてしまったらラインハルト様は彼らに逆らうことはできなくなるだろう。そして散々利用されて、使い捨てられてアイギスも闇落ちしてしまうことになる。

「え？　マンドラゴラの根なら僕の家にあるよ」

「え、マジで……？」

「言ったじゃないか、僕の所は薬草を扱っているって、それと同様に珍しい植物も集めているのさ……だから……」

「頼む、ナイアル。売ってくれ!!」

俺は興奮のあまりナイアルの手をつかんで頼み込む。すると彼は驚いたように目を見開いてちょっと気障《きざ》っぽく笑った。

「親友殿の頼みだ。もちろんいいよ。でも一個だけ条件がある。何をするかわからいけど、僕も交ぜてくれよ。もう蚊帳の外はまっぴらだからね」

そうして俺はナイアルに知人の病を治すのに必要だということを説明するのだった。

「まさかこんなあっさりとマンドラゴラの根が手に入るとはな……」

「フッ、感謝するがいいよ、親友殿‼　このナイアルのおかげで君の計画は一気に進んだのだからね‼」

「ああ、お前って、気障なだけのアドバイスキャラじゃなかったんだな」

「うん？　アドバイスキャラというのがよくわからないが、褒めていないということはわかるよ、親友殿」

後日、俺は頼んでいたものを持ってきたというナイアルを執務室へと招いていた。ドヤ顔の彼の言う通り、本来レアアイテムのはずのマンドラゴラの根をあっさりと手に入れることができた。

苦悶《くもん》に満ちた人の顔のような形をした根っこは、確かに呪術的な力がありそうだ。ただしむっちゃキモい。

「これをどうするんだい、親友殿？　マンドラゴラの根は生命力を与える効果もあるが、毒も強い。半端な知識で手を出せば毒となるよ」

「ああ、大丈夫だ。その毒を神霊の泉で浄化してポーションと混ぜるんだ。そうすれば、毒の成分は反転するからな」

「ふぅん……だけど神霊の泉は神霊や神獣達が頻繁に訪れるほどの清らかな泉だろう？　王都

の貴族や一部のポーションギルドが独占し、教会が管理しているはずだ。新しい場所もそう簡単に見つかるとは思えないけど……」

俺の言葉にナイアルは怪訝な顔をして眉を顰《しか》める。そう……神霊の泉は彼の言う通り、貴重なものである。たいていは誰かの管理下にあり、お金を積むか、よほどの権力かコネがないと使わせてはもらえないのだ。

だが、俺にはゲームの知識がある。実は我が領地にはまだ手付かずの神霊の泉があるのだ。しかも、そこの魔物はそんなに強くはないし、どんな魔物が出てくるかも知っている。

ご都合主義だ……と思われるかもしれないが、ハミルトン領は、ゲームでは主人公が統治する領地だからな。ちょうどよく配置してあるのだろう。そして、それを俺が使わせてもらうのだ。

「ふふ、その顔、何か当てがあるようだね、それでいつ行くんだい？　僕も準備をしなければいけないからね。早く教えてもらわないと困るよ」

「え？　お前も来るの？」

「言ったじゃないか、マンドラゴラの根を渡す代わりに僕もこの話に交ぜろってさ。それに……君がピンチなのに、また何もできないのは嫌なんだよ……」

「ナイアル……」

俺は彼の言葉に少し涙ぐむ。ああ、ヴァイスのことを想ってくれていたのはロザリアやカイゼルの他にもいたんだな……ナイアルの戦闘力は高くはないだろうが、ロザリアなら俺ともう一人くらいなら守りながらでもいける……よな？

そう思っているとノックの音と共にロザリアがやってきた。いや、ロザリアだけじゃない。意外な来客も一緒だった。

「ヴァイス様、アイギス様がいらっしゃいましたよ。ふふ、すっかり仲良くなられたのですね」

「おお、これはアイギス様、ご機嫌はいかがですか？」

「あんたを見たら不機嫌になったわ。私はあなたが嫌いよ!!」

ナイアルが胡散臭い笑みを浮かべながら挨拶をするとアイギスは一瞥《いちべつ》して、不機嫌そうに言った。うわぉ、ツンツンしすぎじゃないですかね。

「それで、アイギス様、今日は一体どんな御用で……」

「決まっているでしょう。あなたに依頼した件よ。ちゃんと約束を守ってくれるか、様子を見に来たの!!」

そう言って、彼女は俺を真正面から見つめる。気丈にふるまっているけれど、不安なのだろう。その手は俺の答えを聞くのを恐れているかのように震えている。

未知の病だ。その場では調べるとか任せろと言っても、見当もつかずあきらめる奴だっていたかもしれない。

だけど……俺は違うよ、アイギス。彼女を安心させるように微笑んで言った。

「ああ……それならご安心を……解決の目途は立ちましたよ」

「嘘……じゃないのね……本当に……」

彼女は俺の顔をまっすぐ見つめて返事を聞くと、信じられないとばかりに涙をポロポロと流したのだった。そして、そのまま彼女は縋《すが》るように抱きついてくる。

え？　もう信じるの？　なんで俺のことをそんなに信頼できるの？


あのあと、動揺したアイギスが落ち着くまで別室で休憩させることになった。ナイアルには悪いがバタバタしていることもあり帰ってもらった。

そして、ロザリアには「ヴァイス様が女の子を泣かすような男になってしまうなんて……」と無茶苦茶悲しそうな顔で言われてしまった。あとで絶対に誤解を解いておかなくては……。

しばらくして、ロザリアからアイギスが呼んでいると聞いたので、俺は客室の扉をノックして声をかける。

「アイギス様大丈夫ですか？」

「ええ、もう落ち着いたわ。入ってきて大丈夫よ」

俺が入ると彼女は恥ずかしそうに顔を真っ赤にする。先ほど動揺したことを恥じているのだろう。そして、涙のあとがどこか痛々しい。

「その……ごめんなさい……ヴァイス……」

「いえいえ、気にしないでください。予想外のことがおきると動揺しますよね。ただ、信じてもらうのは嬉しいんですが、気を付けた方がいいですよ、自分で言うのもなんですが、俺がでまかせを言っている可能性もあるんですから」

精神的に追い詰められているのだろうか、迂闊に人を信じすぎてもまずいだろうと思い注意する。その結果がゲーム本編での闇落ちに繋《つな》がるのだから……。

しかし、彼女は俺の言葉に首を横に振った。

「あなたは……優しいのね。でも、その心配はないわ。私だって信じる相手は選びたいもの……それに、少なくともあなたは本当に治療方法を見つけたと思っているのでしょう？　違うかしら」

「まあ、そうですが……まさか、アイギス様……」

やたらと確信を持った彼女に俺は違和感を持つ。ゲームでは戦闘中しか使えなかった魔法などども、日常で使い別の方法で役立てることはできる。それならば彼女の持つスキルも同様ではないだろうか？

そんなことを思っていると、彼女はどこか悲しい笑みを浮かべた。

「ええ、私のスキルに心眼っていうのがあるんだけど、相手の動きと……表情で相手が嘘をついているかがわかるのよ。さっき謝ったのは、迷惑をかけたこともだけど、あなたのことを信じなくてごめんなさいっていう意味だったの。みんなはすぐにあきらめたから、まさかあなたが本気で探してくれているって思わなくて……」

そう言うと彼女は素直に頭を下げる。ああ、だから中庭で俺が陰に押し込んだ時に素直に応じたのか。害をなす気がないとわかったから抵抗しなかったのだろう。

「あ、でも……私の心眼も意識しないと使えないからいつも嘘かどうかわかるわけじゃないの。だから……」

「大変でしたね、アイギス様。きっとその力で苦労したこともたくさんあったでしょう」

彼女の境遇を思うとついそんな言葉が出てしまった。人の嘘がわかるというのはどれだけ残酷なことだろうか？　特に貴族は本音や建て前ばかりの世界だ。ゲームでも彼女はそういう腹芸などはあまり得意ではなかったと思う。そんな彼女にとって、この力は人間不信のきっかけにすらなるだろう。

それに……今の彼女には、母の件で利用しようという人間がたくさん近寄ってきたはずだ。そう思うと、なんとも言えない気持ちになる。

「え……？　あなたは気持ち悪がらないのね……そんな風に言われたの初めてよ……その、ありがとう」

俺の言葉に驚いたように目を見開いている彼女が、初対面の他人に対して『嫌いよ』と言っていたのは、他人に期待をしないようにということなのかもしれない。だって、信じようとした相手が嘘つきだったら……裏切られ続けたらもう誰とも関わらないようにしようと思ってしまっても仕方ないじゃないか。

そんなの辛いに決まっている。人間不信になりかけている彼女に何かできることはないだろうかと考えると自然と口から言葉が出た。

「いえ、力を持つのも大変だなって思っただけです。年も近いですし、良かったらこれからも仲良くしてください」

「ふふ、あなたは本当に変わってるわね」

俺の言葉に彼女はゲームでも見たことのないような眩しい笑顔を浮かべた。可愛いな……俺は一瞬胸が熱くなってしまった。

それにしても、アイギスの心眼にそんな能力もあったとはな……ゲームでは戦闘中の回避率が上がるというクソ厄介なスキルだったが、日常でも強力な効果を持っているみたいだ。俺の魔法で作り出した影の手も荷物を運んだりと色々と用途があるし、ゲームと違い現実では魔法やスキルは日常用の使い方があるということだろう。

「それで……仲良くしてくれっていうのが本心なら一つだけお願いがあるんだけどいいかしら？」

「はい、俺にできることでならば大丈夫ですよ」

「じゃあ……その……私と友達になってくれるかしら」

そう言って彼女は少し震えながら言う。その顔は真っ赤になっており、彼女なりに必死に勇気を振り絞ってくれたのだろう。

ゲームでは誰にも心を開かなかった彼女からそんなことを言われるのは正直予想外で……とても嬉しかった。

「もちろんですよ、アイギス様。俺でよければお願いします」

「そう……ありがとう。じゃあ、私のことはアイギスって呼んで。あと……あなたが困った時はなんでも言ってね。私もできる限りのことはするわ」

「ああ、よろしく頼む。アイギス」

そして、俺達は友人となった。その後は、談笑して仲良くなれたと思う。彼女は意外にもしゃべるのが好きみたいで、俺は色々と彼女について知ることができた。

それは彼女が父に剣を習って筋が良いと褒められたとか、戦うことも大好きだけど、実は料理をするのが好きで、特にお菓子が得意らしいとか……ゲームでは明かされなかった情報を知り、本当に心を開いてくれているということがわかり嬉しかった。

何時間おしゃべりをしただろうか？　迎えが来たこともあり彼女は帰路につくことになった。

「じゃあね、ヴァイス。今日はとっても楽しかったわ。また来るわね」

「はい、お待ちしていますよ、アイギス様」

「むーーーー」

「あれ？　無茶苦茶機嫌悪くなってますね……」

別れの挨拶をするとなぜか彼女は不機嫌そうに唇を尖らした。あれ、俺なんかやっちゃいました？

「敬語は使わないでって言ったのに……アイギスって呼んでって言ったのに……」

頬を膨らましながらむっちゃ睨《にら》んでくる。そこかよぉぉぉぉぉ!!　ブラッディ家の従者さんの様子を見ると、気にしないでくださいとばかりに頷いてくれた。アイギス様の……いや、アイギスの言うとおりにしていいということだろう。

「ああ、アイギス。じゃあ、例の話が進展あったらまた連絡するよ」

「ええ、ありがとう。でも、本当にいいの？　元はうちの問題だし、こっちの兵士を貸すわよ」

「いや、魔物が出るからね、少人数の方がいい。俺とロザリア……あと、ナイアルで行くから大丈夫だよ。ロザリアはすっごい強いんだぜ」

得意げに俺が答えるとなぜか彼女は眉をひそめた。一体どうしたというのだろうか？

「ナイアルってあのへらへらした男よね」

「ああ……そうだけど」

「じゃあ、私も行くわ。出発する日が決まったら教えて。お父様から戦い方は習っているから足手まといにはならないわ」

「え……マジで？」

俺の言葉には返事をせずに、彼女は険しい顔をしたまま馬車に乗って行ってしまった。一体どうしたんだろうか？

まさか、友人のナイアルは連れて行くのに、彼女を誘わなかったからって拗ねてしまったのだろうか？

◆

私は昔から観察力が鋭かった。

ブラッディ家は戦場で活躍して成り上がった貴族だ。だから、女である私も当たり前のように剣術や戦い方を習った。そして、訓練を経ていくうちに私の観察力はどんどん研ぎ澄まされていき、やがてそれは向かい合っている相手がぼんやりとだが、何を考えているか、わかるまでに至った。

「アイギスはすごいな……それは『心眼』といってね、強力な力となって君を守ってくれるだろう」

「そうなの？　でも、私はこの力あまり好きじゃないわ。だって、相手が嘘をついている時もわかってしまうんですもの……」

父が心眼と呼んだその力は確かに戦いでは有利だった。でも、日常生活ではそうでもなかった。お世辞や駆け引きなどが当たり前のように行われる貴族社会では枷《かせ》になったのだ。

嘘を見抜き、それを利用するほどの賢さや器用さがあれば話は別だっただろうけど、あいにく私はあまり頭がいい方ではなかった。何かを考えるよりも剣を振るっていたほうが性にあうのだ。その結果、徐々に嘘をつく人間の多さに人間自体が嫌いになっていき、私はパーティーなども仮病を使ってさぼるようになった。

ある日、自室に引きこもっている私の様子を見て心配してくれた父に相談すると、笑いながら答えてくれる。

「実はパパも戦い以外はからっきしでね……昔はよく利用されたものさ。だから、アイギスも信頼ができて、頭が良い運命の人を探しなさい。そうすれば君は幸せになれるはずだ。きっと君を導いてくれるだろう」

「そうかしら……、パパはそんな人に出会えたの？」

「ああ、それがママだよ。だからかな、ずっと頭が上がらないんだ。だけど、とても幸せだよ。可愛い子供達にも恵まれたしね」

恥ずかしそうに微笑む父を見て、私もいつかそんな人に会えるかなって夢を見たものだ。このころはまだブラッディ家も平和だった。

それが一変したのは母が未知の病にかかってからだった。父はあらゆる伝手を使って、治療法を探したが一向に見つけることはできなかった。

「どうすればいいんだ……？」

徐々に体調が悪化する母を見て、父は焦っていく。そして、信憑《しんぴょう》性がないものや、信頼できるかわからない人物にまで頼るようになる。

「パパ……そんな人を信じちゃだめだよ……」

「すまないな、アイギス……それでも可能性があるなら賭けてみたいんだ」

追い詰められた父には、私の言葉は通じなかった。私が見れば嘘だとわかるというのに聞こうともしない……いや、聞きたくないのだろう。偽りでも希望にすがりたかったのだろう。

ブラッディ家は戦いで活躍し続けたこともあり、お金はたくさんあり、領地も大きかった。だから利用してやろうという人物も多かったのだ。そして、そいつらは父だけでなく私にも声をかけてきた。

『私ならばお母さんを治せる人を知っているよ』

こちらを利用して金を稼ごうとした詐欺師に声をかけられた。嘘だと見抜いた私はそいつを殴り倒して捕まえた。

『治療方法はきっと見つかるはずだ。私と一緒に探そう』

善意だけで声をかけてきた父の友人は、しばらく調べても成果がでないとわかると、簡単にあきらめてしまった。

「みんな嫌いよ……誰も救ってくれないんだもの……だったら、私は誰とも関わりたくない」

だから私は全てを拒絶することにした。父に頼まれて誕生日パーティーには出席したけれど、誰かと仲良くする気なんてなかった。

だけど、そこで私は不思議な少年に出会った。最初、話しかけてきた時はこちらに媚《こび》を売ろうとしていて、他の人間と変わらないなと失望していたけど……。

父が怪しい連中と密会しているのを見て、動揺していた私が、つい事情を話すと彼はこう言ったのだ。

信じてくれなくてもいい、勝手に救うと……そのかわり自分の領地を守ってくれと……。

それは私への同情と打算に満ちた提案だった。だけど、そう言う彼は真剣に私の母を救う方法がないかを考えているようだった。少なくとも騙すつもりはないことがわかりちょっと安心する。そもそも彼とはまだ会ったばかりだ。私のために頑張る理由がない。だからこそ、私は善意だけで動く人間よりも、自分の領地のために今回のことを利用しようとしている彼を信用できたのだ。

そもそも善意だけで提案されても信用はできない。最初は頑張っていても困難があるとすぐにあきらめてしまうだろう。対価があるからこそ人は動くのだ。それこそ英雄譚《たん》に出てくる主人公ならば100パーセントの善意で救ってくれるかもしれないが、今の私はそんな人物の存在を信じるほど夢見がちではなくなっていた。

後日、私は彼の屋敷を訪れた。期待しないように……期待しないようにと自分に言い聞かせる。それでも、わずかな可能性に希望を抱きながら……。

そうして彼と会い、薬のことを聞くとこう答えてくれたのだ。

「ああ……それならご安心を……解決の目途は立ちましたよ」

ヴァイスは私を安心させるように微笑んでくれた。心眼を使った私ならばわかる。彼は本当のことを言っているのだと……。

治療法が見つかったという安堵《あんど》の感情、私が安心するだろうという優しい感情、これでブラッディ家とコネができて領地を守れるという感情……色々な感情が入り混じっていたが嘘をついてはいなかった。

ああ、彼は本当に見つけてくれたんだ……これでお母様は治るのだ。

そう悟った私は、人前だというのに泣いてしまったのだった。しばらく号泣したあとに、私は自分の力について話すことにした。すぐに信用した私を怪訝に思っているし、彼の思惑はどうあれ、力を貸してくれるのだ。こちらだけが隠し事をしているのはフェアではないだろう。人の感情が読める……それは他人からしたら不快だろう。正直不気味がられると思い、ドキドキしながら話したのだが、彼の反応は予想外のものだった。

嫌悪するどころか私を心配してくれたのだ。その表情には嘘はなくて……それが本当に嬉しくて、私はこれまで言ったことのないお願いを彼にした。

「じゃあ……その……私と友達になってくれるかしら」

「もちろんですよ、アイギス様。俺でよければお願いします」

彼が笑顔で返してくれた時私は再び泣きそうになってしまった。そして、私は直感する。即座に母を救う方法を見出《みいだ》す知識量、そして、私の力を知っても偏見を持たない器の大きさ、この人が父にとっての母のような……私の運命の人なのだ。

だから……私は自分の胸に誓う。彼を守ろうと……そして、彼が何をするか見たくなった。

彼にお礼を言って、去ろうとした時だった。彼は神霊の泉にメイドと……ナイアルとかいう少年と行くと言った。

それを聞いて私は気が変わった。ナイアルは……よくわからない胡散臭い少年だ。なぜなら彼は……心眼を使っても感情が読めないからである。

もちろん、そういう人間もいた。例えば、王宮で処世術に長《た》けた百戦錬磨の貴族や、感情を一切見せない暗殺者などだ。だが、彼はただの貴族の子息だったはずだ。ひょっとしたら何かがあるかもしれない。下手したらヴァイスが危ない……気づいたら私はヴァイスに同行することを申し出ていた。

彼は困った顔をしながらも了承をしてくれた。

図々しい女だなって嫌われたりしないかな？　そう思われるのが怖かったけど、私のお願いで彼がピンチになるのは嫌だったのだ。

◆

神霊の泉はかつて神々が地上に降臨した時にできたものと言われており、泉の水には傷や病を癒《い》やす不思議な効果があるのだ。そして、神霊と呼ばれる意志を持った魔力や、神獣という契約者に強力な力を与える獣達の憩いの場でもある。

ゲームでは今回のような治療薬を入手するイベントや、神獣を仲間にするイベントなどで何回も来たものだ。そのおかげもあって道は覚えている。

「本当にこんな所に神霊の泉があるの？　あなたの所の領地でしょう？　なんで今まで見つからなかったのよ」

「うちは金がないからな、未開発の森とかがあるんだ。その中の一つに神霊の泉があったんだよ」

「ふーん、でも、なんでそんな場所をヴァイスが知っているのよ？」

アイギスがきょとんとした顔で訊ねる。もっともなんだけど、この世界はゲームで、俺は異世界転生してきたんだ。などと言ったら正気を疑われそうである。

かといってアイギスに嘘は通じないし、つきたくない……どうしようかと思っていると意外な助け船がきた。

「それは……」

「親友殿は勉強熱心だからかな、色々調べたんじゃないかなぁ？……ううう、気持ち悪い」

ナイアルは馬車に弱いのか、青白い顔で口を押さえる。それを見たアイギスが馬車の中で吐かれてはたまらないとばかりに、叫び声をあげながら、果実水の入ったコップを渡す。

「ちょっと、吐かないでよね!? 果実水があるからそれでも飲みなさい。少しはマシになるわよ」

「大丈夫ですか、ナイアル様。奥なら横になれるので、そちらで寝ていてください」

「うう……悪いけどそうするよ……」

彼はロザリアの言葉に従いさっそく奥に移動して寝転がった。一応自作の酔い止めを飲んでいるようだが、効果は薄いようだ。

「貴族なのに馬車に弱いってどうなのよ……」

辛そうなナイアルを見て、気がそれたのか、彼女は話題を変えた。

「まあいいわ。これでお母様が治るのね」

「ああ、元々その病気はマンドラゴラの毒が原因なんだ。だから、神霊の泉で浄化したマンドラゴラのエキスを飲めば治るはずだ」

ゲームでは主人公達が治療方法を確立したが、今の段階ではハデス教徒達しか治療方法を知らないはずだ。そして……あいつらは俺が治療方法を知っていることはわからないはずだ。

ハデス教も水面下での活動をしているからか、今のところこの病にかかっているのはアイギスの母くらいのようだが、今後はわからない。今のうちに神霊の泉を確保して、薬の生産をしておけば遠い未来でも役に立つだろう。

「ヴァイス様着きましたよ」

「ああ、ありがとう」

「ここが神霊の泉がある森なのね……あれは神霊かしら。すごく綺麗ね……」

感嘆の吐息を漏らす彼女に無言で頷く。太陽光を遮るほど木々が茂っており、神霊達がなにやらチカチカと蛍のように光りながら飛んでいるその光景はとても幻想的で……ここが異世界なのだと俺に強く意識させる。

この光景は、ゲームで見たムービーより何百倍も綺麗だ。やはり発達したCGでも生には勝てないということだろう。

「デートで来たらウケがいいだろうな。いつか来てみたいもんだな……」

「な……あなたね、今はそれどころじゃないでしょう!? それにそういうのは何回かお茶会でお話してから誘うものよ!!」

俺の言葉になぜかアイギスは顔を真っ赤にして、唇を尖らせた。え、なんで怒ってんの？

そんな空気を破ったのはナイアルだった。

「よかったぁぁぁぁぁ、ようやく地面だぁぁぁ!! 吐きそうだったよぉぉぉ!!」

「ナイアル様、大丈夫ですか？」

馬車から解放されたナイアルが喜びの声を上げていると、ロザリアが心配そうに声をかける。

せっかく感動していたというのに……まあ、なにはともあれ神霊の泉のある森に着いた。

「ここからは魔物と遭遇するかもしれないから、気を付けてくれ。道を知っている俺が先頭を歩くから、一番後ろはロザリアが頼む。ナイアルは使えそうな薬草があったらついでに採取するから教えてくれ。アイギスは……」

「任せなさい。私も戦うわ」

そういうとアイギスは使い古された剣を掲げる。子供用なのだろう。その刀身は彼女でも振り回せるくらい短く加工されている。

成長したら強キャラとはいえ今は少女なんだよな。ゲームで使っていた魔剣も持っていないみたいだし、あまり無茶はさせない方がいいだろう。

「ありがとう、アイギス。だけど、ここは俺を友人として君を守る騎士に任命してくれないか。ここは俺の領土だからさ、エスコートしたいんだ」

「ふーん、そこまで言うならいいけど……」

そう言うと彼女はなぜかもじもじしながら剣をしまった。ふふふ、ちょっと話して気づいたが、この悪役令嬢様は友達扱いに慣れてないからか、そういう扱いをされるとたんに大人しくなるのだ。

ゲームでの言動と彼女との中庭でのやりとりから考えると、力でなんとかしようってタイプっぽいからな……暴走されたらちょっと怖いので制御方法を見つけたのはでかい。

「ねえ、ヴァイスってなんか将来すごいクズ男になりそうじゃないかなぁ？」

「そうですね……ちょっとヴァイス様の将来が不安になりました。でも、ヴァイス様に騙されるなら私は本望ですよ」

「お前な……てか、ロザリアまで……」

俺はこっちを見てひそひそとしゃべっている二人にジト目でつっこむと、ロザリアが冗談めかしてウインクをする。

「うふふ、冗談ですよ、ヴァイス様。でも……アイギス様と仲良くするのも構いませんが私のことも構ってくれなきゃダメですよ」

「当たり前だろ、俺とお前はいつまでも一緒だよ」

「ありがとうございます。その言葉だけで幸せです」

「うふふ……友達……嬉しい……」

「僕はなんでイチャイチャを見せられてるのかなぁ!!」

アイギスはにやにやと笑っており、ナイアスがげんなりしているが気にしない。何はともあれ進む順番も決まった。

そして、俺達は神霊の森へと入るのだった。

「思ったより体力を使うねぇ……」

しばらく歩くとナイアルが愚痴る。まあ、気持ちはわかる。結構辛いな、これ……。

「獣道を歩いているからな……足場が悪いから、平地より疲れる上に、いつ魔物が襲ってくるかもわからなくて気を使っているんだ。仕方ないさ……」

「鍛え方が足りないのよ、武力は大抵のことを解決する……それがブラッティ家の家訓よ」

「疲れたら休憩しましょう。お腹が空いた時のためにお弁当を作ってきたので楽しみにしていてください」

うちの女性陣は強すぎるなぁ。ロザリアはともかく、アイギスも息一つ切らしてないんだけど……というかブラッディ家の家訓やばくない？　脳筋過ぎるだろ。

「ここには魔物がいるらしいけど全然あわないねぇ。このますんなりと神霊の泉に着くんじゃないかな？」

「お前な……それはフラグって言うんだよ……」

「フラグ……？」

俺の言葉にアイギスがきょとんとする。まあ、こっちの世界の言葉じゃないからな。前世の世界の言葉はあまり使わない方がいいかもしれない。などと思っていると何かの叫び声が聞こえた。

「ほら、ナイアルが余計なことを言うから!!」

「僕が悪いのかなぁ？」

「ヴァイス様、この音……誰かが争っているようです。もしかしたら領民が迷い込んでいるのかもしれれません」

「助けに行くわよ!!」

俺達は足音に気をつけながら音のした方へと向かって駆け出す。そして、そこで俺達が見たのは、小さなウサギのような獣が、ゴブリンに襲われている場面だった。

いや、あれは……ウサギじゃねえ!! 神獣だぁぁぁぁぁ!!

「みんなあの獣を助けるぞ!! ロザリアはゴブリン達を引き付けて!! 二人はここで身を隠しててくれ!!」

「わかりました、ヴァイス様。動物にも優しいのですね。時間を稼ぐのは構いませんが倒してしまってもいいのでしょう？」

俺の言葉にロザリアが武器を構えてゴブリン達に向かって駆け出す。なんか某弓兵みたいなことを言っているから一瞬不安になるが、ゴブリン自体は序盤のザコモンスターだ。彼女の敵ではないだろう。

問題はこいつだ。神獣……強く正しい願いを持つものに力を貸すという獣である。ゲームのマスコット的存在であり、主人公やヒロインと契約を結び特別なスキルをくれ、後半では乗り物にもなる便利な獣なのだ。

仲間にすれば強力なのだが、問題は契約できるかなんだよな……神獣に強い願いと覚悟を見せて認めてもらう。それが神獣と契約する条件なのだ。

主人公はハデス十二使徒の一人と戦った時に、師匠が殺されてしまい、自分の無力さを悔いながら強くなりたいと願った結果、契約できたのだ。

俺にそれほどまでの強い願いはあるだろうか……？

「大丈夫か？」

「きゅーーー」

神獣はゴブリン達から逃げる時に脚を怪我したのか、擦り傷が目立つ。ウサギのような外見でありながら、その額には宝石のような石が埋まっている可愛らしい外見の生き物だ。

俺が治療をしようと手を差し出すと思いっきり噛《か》まれた。

「いっつ!!」

思わず悲鳴をあげるが、深呼吸をして平静を保つ。神獣は噛みながら俺を睨みつけてくるがその体は震えている。

そりゃあ、魔物に襲われたんだ。怖いよな。俺を警戒するのも、もっともである。前世で飼っていたウサギも最初はこんな感じだったなと思い、懐かしくなりながら神獣の背中を撫でてやる。

「怖がらなくていいぞ。俺は味方だ」

「きゅーー？」

言葉は通じないかもしれないが、こっちの気持ちはきっと通じてくれるはずだ。

しばらくそうしていると、神獣が噛みついてできた傷を舌で舐め始めた。まるで詫《わ》びるように申し訳なさそうに俺を見つめてくる。

「心配するな。別に痛くないよ。それよりお前の傷を治療したいんだ。信用してくれるかな？」

「きゅうー？」

まずは神獣に噛まれてできた傷に薬草を塗って害がないことを示す。そして、安心させてから神獣に薬草を塗る。こいつの体毛がモフモフとしていてなんとも癒される。

「きゅーーー!!」

痛みが安らいできたのか、嬉しそうな声を上げて俺に体を擦《こす》り付《つ》ける神獣。ゴブリン達を倒したロザリアと、様子を見ていた二人がこちらにやってくる。

「いやぁ、ロザリアさんは強いんだねぇ」

「ほんとね、うちの兵士に欲しいくらいだわ」

「ありがとうございます。ヴァイス様を守るためには必要なことですから……ヴァイス様、その子は神獣ですね。なんと可愛らしい……」

「ああ、ロザリアのおかげで助けることができたよ、ありがとう」

ロザリアは俺が保護した神獣を見てうっとりとした顔で見つめる。ちょうどいい。魔力の高い彼女が神獣の主になれば、彼女の強力な助けになるだろうし、身を守るのにも役立つだろう。

ロザリアの俺を守るという気持ちは強い。それこそ主人公達が世界を守ろうとする気持ちと同じくらい……だから、彼女ならば契約できるはずだ。

「きゅーー……」

そう思って、ロザリアと契約させようとしたのだが、なぜか神獣は俺の後ろに隠れてしまった。俺以外の人間を恐れているのだろうか？　魔物に襲われていたから他の生き物を警戒しているのかもしれない。

「きゅーーー、きゅーーー!!」

「うふふ、どうやらヴァイス様に懐いているようですね。この子にもヴァイス様が優しい方だというのが伝わったのでしょう」

「そんなものかな……俺はロザリアの方が優しいと思うが……」

神獣との契約は先ほどの条件を踏まえた上で、その者の魔力を与えることで成立するのだが、この様子では難しそうだ。まあ、せっかく俺に懐いているのだ。無下にするのも悪いな。

もう少し慣れれば、ロザリアにも懐くだろうし、神獣と一緒にいて損はないだろう。何よりも癒される。

「じゃあ、俺についてくるか？」

「きゅーーきゅーーー!!」

「ああ、そんなにはしゃぐなって……それでアイギスはどうしたんだ？　さっきからしゃべらないけど」

俺は肩に上ってじゃれてくる神獣をあやしながら、何やら固まっているアイギスに声をかける。

「な……なんでもないわ」

「まさか、アイギス様は小さい獣が怖いのかなぁ。こんなに可愛いのにねぇ」

「うるさいわね。別にびびってなんかないわ‼　ただ、どう行動するかわからないから反応に困っただけよ。それよりも神霊の泉に行くんでしょう。早く行くわよ」

図星を突かれたのか、大声を上げたアイギスの意外な弱点に苦笑しながらも、先を目指すことにする。彼女のお母さんの命がかかっているのだ。確かに無駄な時間はかけていられない。

「そうだな、神霊の泉はもうちょっとだ。急ごう」

しばらく進んでいるとアイギスがばつが悪そうに口を開く。

「その……別にその子が悪いってわけじゃないのよ……ただ、子供の頃にハムスターに嚙まれたことがあって……それ以来小動物が苦手なの……感じが悪かったらごめんなさい……」

「いや、誰にでも苦手なものはあるしな。素直に言ってくれてありがとう。なんかより友達として親しくなった気がするよ」

「そうかしら……えへへ、なんかそう言われると悪い気はしないわね」

そんなことをしゃべりながら神霊の泉へと向かっていると、肩の神獣が「きゅーきゅー」と何かを訴えるように鳴いて、それを見たアイギスの顔が固まる。気の強い彼女の意外な姿に思わず笑みをこぼすと睨まれてしまった。

神獣のこの反応からすると、神霊の泉が近いのか……と思いながら、俺達が少し進むと、そこにはキラキラと輝く水面の上に神霊達が舞っている幻想的な景色が広がっていた。

「うわぁ……すごい綺麗ね……」

「うちの領地にこんな所があったなんて……さすがです、ヴァイス様!!」

「これなら観光地にできるんじゃないかなぁ」

三人が三者三様の感想を言う。俺は何も思わなかったただけではない。ただ言葉を失っていたのだ。ゲームで見たものよりも圧倒的に綺麗で神秘的な景色に……。

そして、俺が泉に一歩近づいた時だった。

「ヴァイス様、危険です!!」

そう叫んだロザリアの槍が俺に向けて撃たれた矢をはじいた。

奇襲だと!!　ここに来るのは誰にも言っていないはずだが……。

「誰ですか、出てきなさい!!　このお方をヴァイス＝ハミルトン様と知っての狼藉《ろうぜき》ですか!?」

「まさか、こんな所に神霊の泉があるとはな……」

「あんた達は……」

奇襲してきた連中には見覚えがあった。アイギスの屋敷で会ったハデス教の連中だ。細身の男と巨体の男の二人組である。こいつら俺が治療薬を作ろうとしていることに気づいていたっていうのか……？

俺は冷や汗を流す。ハデス教徒はゲーム中盤で戦う敵で、個人個人が特殊な能力を持った厄介な連中なのだ。対してこちらはまだろくに戦力も整っていないというのに……相手は二人とはいえ勝てるだろうか……？

混乱している俺とハデス教徒の間にアイギスが凛《りん》とした表情で割り込んだ。さすがは武官の娘といったところか、威圧感すら感じる。

「あなた達はなんでここにいるのかしら？　彼は私の友人よ。今すぐ武器を捨てて詫びなさい」

「アイギス!?」

ハデス教徒達に対して上から命令する彼女を止めようとするが、その手が俺の武器を指さしている。

時間を稼ぐから奇襲の準備をしろってことか。武力で解決する、さすがブラッディ家だぜ。

「アイギスお嬢様が屋敷を出たので心配して見にきたのですよ。おそらくそいつらはあなたをさらうつもりだったのではないでしょうか？　だから、こんな辺鄙《へんぴ》な所に連れてきたのでしょう。その男は無能な悪徳領主と有名です。利用されてしまいますよ」

細身の男はあくまで自分はアイギスの味方ですとばかりに笑みを浮かべる。ああ、確かにこれは彼女との信頼関係を築けていなかったら危なかった。俺の悪評は周辺にも広まっていたからな。

でもさ、俺と彼女はもう友達なんだよ。

「私がつけられていたのね……ごめんなさい……あいにくだけど、私はお母様の病の原因を知ってるのよ。あんた達がマンドラゴラの毒を飲ませたこともね!! それと……私の友人を侮辱したことを詫びなさい。そうすれば命だけは許してあげるわ!!」

「なぜそれを……!?」

アイギスの言葉に大柄な男が動揺のあまり声をあげる。てかさ、ゲームでは誰にも心を開かなかった彼女にこうまで言ってもらえると嬉しいな。

「バカが……なんで反応するんだ、お前は……こうなったら仕方ない。小娘もろとも皆殺しだ!!」

それまでの媚びる口調から一転して細身のハデス教徒が殺気をあらわにし、巨体のハデス教徒もまた、両腕を振り上げる。

「すまねえ、だがこの失態は取り戻すぜ。ハデス様からもらった俺の筋肉でなぁ!!」

筋肉によって膨張したあの腕で叩かれたら無事では済まないだろう。当たればの話だが……。

「させません。氷よ!!」

「影よ!!」

巨体のハデス教徒とアイギスの間に割り込んだロザリアの氷がその巨体を凍《い》てつかせ、ひそかに準備をしていた魔法を俺が放つと、影が細身のハデス教徒を束縛する。

普通ならこれで勝ちだが、そう簡単には行かないだろう。現にこいつらはニヤリと笑った。

「はっ、ハデス様の加護を持つ我らを舐めるなよ!! 眷属《けんぞく》よ!!」

「その程度の氷、我が筋肉の前では無意味だ!!」

「私の氷が……」

「何よ、こいつら!?」

「召喚術か……やるねぇ……」

「きゅーー……」

巨体なハデス教徒はすさまじい力で、氷を抱きしめるようにして砕き、細身のハデス教徒の手が光ると同時に、使い魔である禍々《まがまが》しい闇を凝縮したようなカラスが現れた。

なるほど……こいつらのタイプがわかったぞ。あいにくお前らみたいなのとはゲームで何回も戦ったことがあるんだよ!!

「巨体な方は力があるだけだ。素早さと守備力はそこまでじゃない。攻撃にだけ気をつけろ!! 細身の奴のカラスはすばしっこく急所を狙ってくるぞ。だが、本体は大したことない!!」

「そう……じゃあ、素早く叩けばいいのね!! いいことを教えてあげるわ。鍛えられた武力は時に筋肉を凌駕《りょうが》するわ!!」

「はっはっは、いくら速くとも僕のミレイユの触手から逃れられるほどじゃないでしょ」

「え？」

氷を壊し得意げな顔をしていた巨体なハデス教徒に、アイギスがすさまじい速さで近づく。そして構えていた剣の刀身を叩きつけると、冗談のような勢いでハデス教徒は木々をなぎ倒しながら吹き飛んでいった。

「俺の筋肉がぁぁぁぁぁぁぁぁ!!」

それと同時に、ナイアルが気障っぽく指を鳴らすと彼の服の裾から無数の触手が突き出てきて、使い魔のカラスに絡みつきそのまま握りつぶす。

「ほら、ご飯の時間だよ、ミレイユ。よーく味わうんだよ」

「バカな……我が眷属を捕らえるだと!?」

「お前らそんなに強かったのかよ!!」

俺は影を操り細身のロキ教徒の首を絞めて気を失わせながら二人に問う。すると二人とも得意気に言った。

「ブラッディ家は武官ですもの、これくらい淑女のたしなみよ」

「貴族たるもの自分の身くらい自分で守れなきゃねぇ」

「お二人ともさすがです。でも、ヴァイス様もとっても強いんですよ」

いや、そもそもアイギスはゲームでも強敵だったのだ、強くて当たり前か……もしかしてあのアホみたいなステータスは魔剣の力じゃなくて素だったのかもしれない。絶対怒らせないようにしよう……。

そして……ナイアルはよくわからないが、ひょっとしたらこれからのアップデートで現れるキャラなのかもしれない。この二人がいるならばもしかしたら俺は……俺達は、主人公よりも強い仲間を得て、領地を発展させることができるかもしれない。そう思うと胸が高鳴る。

ヴァイス……俺がハミルトン領を最高の土地にして見せる。お前の夢は俺が叶《かな》えるぜ。

「アイギス達はふっとんでいったハデス教徒をこっちに運んでくれ。あとでラインハルト様に突き出そう。俺はこいつを見張っているよ」

「はーい、ナイアル、さっさと行くわよ。思ったより飛んでいったわね」

「はは、アイギス様はすごい馬鹿力だねぇ……ひえぇぇぇぇ、殺気に満ちた目で睨まないで」

俺は二人のそんなやりとりを聞きながら、細身のハデス教徒を監視する。薬を渡し、こいつらを突き付ければラインハルト様も俺の話を信用してくれるだろう。

「ヴァイス様……こんなことは私がやりますよ」

「大丈夫だって。それに見たいものもあるしな」

「もう、もっと頼ってくださっていいのに……私は周囲を見張ってますね」

少し拗ねた様子の彼女に苦笑しながら俺はハデス教徒に触れてステータスを確認する。

シューゼル

職業　ハデス教徒
神への忠誠度　100
筋力　15
魔力　60
知力　60

スキル

使い魔召喚　LV2

ユニークスキル

神への狂信　ＬＶ３
神のために戦う時は、ステータスがアップ
ハデスによって神託を受けて彼の手足として動くことを決めた。趣味はカラス野球。

本来は中盤に出てくるだけあって、中々強力なステータスだ。魔物達のスタンビートもあるが、将来的にこいつらに対抗するためにうちの兵士達をもっと強くする必要があるだろう。

何かいい方法はないだろうか？　誰か優れた軍隊を率いる人に戦い方を教わることができたらいいんだけどな。

「きゅーきゅー!!」

「ん？　どうしたんだ？」

肩の神獣が何か訴えるように俺の服の襟を引っ張る。いったいどうしたんだ？　と問おうとして視線を感じた。そちらを向くと影で束縛されて意識を失ったはずのハデス教徒と目が合う。

しかも、その目は真っ赤で禍々しい光を放っている。

「え？　なんで目を覚まして……一体何を？」

そいつは自分の体が傷つくのも気にせずに影の鎖を引きちぎる。ブチブチという不気味な音と共に血をまき散らしながら俺の首をつかもうとしたのでとっさに下がる。

ハデス教徒の手が空を切り、そいつは憎々しげに俺を睨みつける。

「こいつ一体……」

『なんだ貴様らは……まさか、異界の神の使者か……余計なことをしおって……』

ソレが口を開くと天から声が降ってきた。この世全てを憎んでいるような憎悪に満ちた声に俺は心が震える。

このイベントには覚えがある。主人公の負けイベントである。本来ならばハデス十二使徒の一人を倒した時に発生して、主人公達はなすすべもなくボコボコにやられ、師匠的存在が時間を稼ぐために命を落とす序盤の鬱イベントだったはずだ。

そのイベント名は『ハデス降臨』。今しゃべっているこいつこそがハデス……そう、ラスボスであり、帝国が暴走した原因でもある。

「おまえ……ハデスだな!!」

『我が正体を知っている？　どこの神の使いだ？　ゼウス？　いや、この感覚違うな……』

まずいまずいまずい、こいつはこんなところで会っていいような敵じゃない。ゲームをやっていたからこそこいつの強さがわかる。

そもそも、ゼウスの加護を受けるのは主人公だ、ヴァイスじゃない。だが、この言い方、俺も何かの神の加護を受けているのか？

いや、今はそんなことを考えている場合ではないな、こいつが考え事をしている間になんとか打開策を考えねば……。

神霊の泉に目を向ける。神は異なる神の加護に弱い。ゲームでもハデスの弱点は聖女の力でゼウス神の力を借りた魔法を使いダメージを与えたり、神獣と契約してゼウス加護を得て攻撃したりするのだが、俺の周りに聖女も、神獣と契約した人間もいない。だったらなんとかして異なる神の力が籠もっている神霊の泉の力を与えれば……。

「知ってるぞ、お前の弱点は他の神の加護だろう!!　神霊の泉の水さえあれば怖くないぜ!!」

『ほう、私の弱点すら知っているとはな。だが、貴様が泉に行くことはない。どこの神の眷属か知らんが、我が計画に干渉するとは不愉快だ。死ね!!』

「うおおおおお!?」

そいつが腕を振るうだけで紅《あか》い刃が発生して俺に襲いかかる。とっさに回避できたのはゲームでこいつの攻撃方法を知っていたからに過ぎない。死を凝縮したハデスの得意技である。効果は単純、触れたら死ぬ。冗談みたいな効果である。さすがはラスボスということだろう。動作がムービーと同じで助かったぜ。

そしてハデスが再び紅い刃を振るおうとした瞬間、彼の身体が氷の矢を受け、その身を凍らせる。

「ヴァイス様ご無事ですか!?」

「ロザリア、助かった!!」

俺はロザリアの援護に礼を言いながら剣を構えて、凍りついているハデスに向かって駆け出す。弱っているうちにとどめを刺さないと……。

『フハハハ、その程度の魔法で我の動きを止められると……なぜだ、なぜ動かん』

「なんで俺がわざわざお前の弱点を叫んだと思ってるんだよ!!」

『まさか、この氷は泉の水で……くそ……力が……あれだけの情報で、よくこれだけの連携が……』

「俺のメイドは優秀なんでね。喰らえ!!」

俺の剣がハデスの喉を貫く。だけど、こいつは苦しそうな顔をしながらもこちらを睨みつけてきやがる。ハデスから感じる重圧は薄れてきているが徐々に氷も解けてきている。そして、こいつが弱ったのは一瞬だった。

再びハデスからすさまじい重圧を感じる。

クソが!!　聖女や神獣の加護がないとロクにダメージすら与えられないのかよ!!

そう思っている間にも氷が砕け散りハデスの身が自由になる。まずい……さっきは不意打ちだったからうまくいっただけに過ぎない。

このままじゃ、俺やロザリア……それにナイアルやアイギスも危ない。視界の隅にロザリアが武器を構えながらこちらに向かって駆け出してくるのが見えた。おそらく、身代わりになってでも俺を助けようとか考えてるんだろう。

その様子は、ゲームでハデスの攻撃から主人公をかばって命を落とした主人公の師匠とロザリアの姿と重なって……そんなことさせるかよぉぉぉぉ!!

心の中で叫びながら、俺は急いで詠唱を唱える。

「影の暴君よ、その腕を我に貸し与えん!!」

『上級魔法だと……? うぐおおお!?』

俺の影が地獄の番人であるケルベロスを模した巨大な獣となり、その腕が俺と共に剣を握り深くハデスの体により刺さる。これで倒せ……。

「ヴァイス様!? 凍てつく鎧よ、我を守りたまえ!!」

ハデスと俺の間に氷の鎧を身に纏《まと》ったロザリア強引に割り込む。ハデスの奴は痛みに耐えながらも俺に反撃を仕掛けていたのだ。禍々しい死の力を纏う紅い腕が、体に氷を纏ったロザリアと衝突して……均衡は一瞬だった。ロザリアが俺を巻き込みながら後方に吹き飛ばされる。

「なんて力だよ……」

「うう……」

とっさに受け止めたが、ロザリアは俺の上で吐血して、苦しそうに呻いている。あばらでも折れてるのかもしれない。氷を纏っていたのでハデスの直撃を受けても生きているが、このままではまずい。

「ヴァイス様……逃げてください、ここは私が時間を稼ぎます……」

彼女は辛いだろうに、息も絶え絶えに立ち上がると、槍を構えて俺に微笑む。だめだ……このままじゃ、ロザリアが死ぬ……。

みんな死ぬのか……？　せっかくうまく行きはじめていたのに……。

そんなの嫌だ……俺はどうすればいい？

『ふはははは、ケルベロスごときの力で我を倒せると思ったか？　確かに貴様ごときが上級魔法を使うとは驚いた。だが、それだけだ……貴様はこれ以上何もできはしない。その女は無残に死ぬ。最初から何もしない方がよかったな無能よ!!』

ハデスは俺を見て、次にロザリアに視線を送り嗤《わら》った。

『その女も愚かだな……そいつを見捨てて逃げていれば自分の命だけは助かっただろうになぁ!!』

天から降りてくる声があざけるように嗤った。ふざけんな……そして……こいつは今なんて言った？　俺達をなんて言ったんだ？

「無能じゃねえ……」

『うん？』

「ヴァイスは無能じゃねえし、ロザリアは愚かな女なんかじゃねえんだよ!!　クソみたいなチートを持ってるてめえと違って二人とも頑張って生きてんだよ!!」

心折れかけていた俺を復活させたのはヴァイスへの罵倒と……ロザリアを侮辱した言葉だった。俺の推しをろくに知らないこいつに馬鹿にされるのがどうしても許せなかったのだ。

これはゲームの主人公が体験した負けイベントと同じだろう……だけど……負けたのは主人公だ。俺は主人公じゃねえ、踏み台にされた領主のヴァイスだ……そして、途中で死んだヴァイスの限界は誰も知らない。だから俺は信じるぜ。お前なら……苦労を越えたお前なら本来は到達できたってなぁぁ!!

「常闇を司りし姫君を守る剣を我に!!　神喰《かみくい》の剣!!」

『な……それは王級魔法……なぜ、貴様ごときがそれを……』

俺の影が今度は人の形をとる。それは闇そのものだった。まるで闇を支配するような圧倒的な黒。そして、俺はロザリアが纏っていた尖った氷の一部を手に取りその黒を纏わせる。

一瞬で脳が焼き千切れるかと錯覚をするほどの痛みを感じる。だめだ……俺の魔力じゃ足りない……結局俺じゃダメなのか？　俺じゃあヴァイスやロザリアを救えないのか？　ふざけんな。今やらなくていつやるんだよ!!

『一人では無理でも二人ならできるはずだ』

あの時のヴァイスのセリフが思い出される。それと同時に魔力が湧いてきて……。

「うおおお!!」

『大人しく喰らうものかよ!! なっ!?』

攻撃を避けようとしたハデスの体に氷の鎖がまとわりつく。ロザリアだ。彼女が最後の力を振り絞ってくれたのだろう。俺はそのまま駆け出して、手に持った氷で今度はその腹を貫く!!

それと同時に圧倒的なまでの闇がハデスの体内を蝕《むしば》むかのように広がる。

『貴様ごときがぁぁぁぁ!! ゼウスに選ばれし存在でもないくせにぃぃぃぃぃ!!』

これだけダメージを与えても、まだ動きやがる。まだ届かないのか? 俺が主人公じゃないから……主人公でなければ倒せないというのか?

一瞬弱気になった自分の中でロザリアを心配する感情と、俺への激励を感じた。ああ、そうだ。今の俺は一人じゃない。ヴァイスもロザリアも力を貸してくれているんだ。

「負けるかよ!! 俺は主人公じゃねー!! だけど、俺達にしかない力だってあるんだよ。なあ、ヴァイス!! 一人じゃ無理でも二人ならできるはずだ。俺達は誰も死なせるわけにはいかねーんだよ!!」

絶対みんなを守るのだと、更に剣に力を込めた時だった。

「きゅーーーー!!」

それまで木々の間に身を潜めていた神獣が俺の肩に飛び乗って、叫ぶと不思議な力が湧いてくる。

この力はまさか……ありがとう。

俺は肩の神獣にお礼を言って、更に力を込める。すると、剣が光り輝いて、ハデスが苦しみ悶えた。

『くっ、神獣の加護だと……所詮この器ではこれが限界か……貴様の名を教えろ……我が……』

「知る必要はありません!!　この不審者!!」

氷を纏ったロザリアの槍がハデスの顔を貫き今度こそ息絶えた。細身のハデス教徒は正真正銘ただの屍《しかばね》になったようだ。

俺が戦っている間にポーション治療をしたのだろう。ロザリアが息を切らしながらこちらにかけよって、俺にポーションを飲ませた。

「ヴァイス様、大丈夫ですか？」

「ああ、ロザリア、ありがとう……それにお前もな」

「きゅー!!」

「もう、心配させないでください。あんな相手に向かっていくなんて……あなたの身に何かがあったら私は……」

ロザリアは唇を尖らせたあと、大切なものを逃さないとするかのように俺を抱きよせて、その豊かな胸に押し付けた。

やべえ、童貞にこの刺激はやばい……だけど……すごい安らぐな……自分でも気づかなかったが緊張していたのだろう。どっと疲れが出てきた。このまま身を任せたいな……しかし、その願いが叶うことはなかった。

「何よこれ……争った跡が……こいつ死んでるじゃない」

「いちゃつくのはいいけど、屋敷でやってほしいなぁ。あ、それとも野外プレイがお好きなのかな？」

「いや、これは違うんだって!!」

「ああ、ヴァイス様……」

帰ってきた二人に気づいた俺は慌てて、ロザリアから離れる。そんな寂しそうな目で俺を見ないでくれ……

ハデスのことは隠し、細身のハデス教徒が暴れたと二人に事情を説明し、神霊の泉で薬を作ることにしたのだった。

ハデスとの戦いのあとに、薬を作り終えた俺達はブラッディ家の屋敷の待合室で待機していた。

馬車酔いがひどいためナイアルは別室で休んでもらっている。二人っきりになるタイミングを見計らっていたのだろう、ロザリアが真剣な顔で口を開く。

「ヴァイス様……あれはなんだったのでしょうか？」

「あれは神だよ……しかも、この国を支配しようとしている邪神だ……って言ったら信じるか？」

おそるおそる彼女の顔色をうかがうが、唐突に邪神という言葉が出たにもかかわらず、ロザリアは真剣に頷く。

「嘘ではないんですよね……？　あれだけの力を持った存在です。信憑性もありますし、何よりヴァイス様の言葉なら私は信じます。そして……相手が邪神だろうがなんだろうが、あなたの身を守ります」

相手が邪神だというのにぶれない彼女に感心する。本当にロザリアはすごいな……だけどその心配はしばらくないはずだ。あいつが現れる条件はゲームで知っている。

「大丈夫だ。今回の戦いであいつは倒した。自分の信者の死体を媒介にしてしか現れないし、一度現れたら数年は出てこられないはずだ」

「さすがです、ヴァイス様は博識ですね」

逆を言えば数年後にはハデスは再び姿を現すのだ。そんな絶望的な状況だというのに、彼女は俺に感心したように微笑む。だが、その態度に疑問を感じてしまった。

「なんでそんなことを知っているんですか？　とかは聞かないいんだな」

「はい、ヴァイス様が言わないっていうことは何か事情があるのでしょう？　いつか話せる時に説明してくださればかまいません。それに……私はあなたを信頼していますから」

にっこり笑う彼女を見て、俺はより強く決心する。彼女を守らなきゃな……。それにしても俺というイレギュラーな存在がハデスに察知されてしまった。

これからゲームの主人公のように厄介なことに巻き込まれるかもしれない。主人公補正がない俺がどこまで対抗できるかはわからない。だけど、俺にはヴァイスとロザリアがいる。

「ありがとう、まだ詳しくは言えないが、これからこの国はハデス教によって混沌《こんとん》の道へと進むだろう。俺はそうなる前に対抗できるようにハミルトン領を発展させなきゃいけない。それには俺だけじゃない、ロザリアの力も必要になってくると思う。力を貸してくれるか？」

「もちろんです。私はあなたの槍ですから」

そして、ロザリアは嬉しそうに笑った。なぜだろうと怪訝な顔をしていると、彼女は笑みを浮かべたまま言った。

「私はヴァイス様に頼ってもらえて嬉しいんです。領主になった時に私はあなたのそばにいることしかできませんでした。でも、今は頼ってくれています。もう、あなたを一人にはしませんからね」

「ああ、ありがとう。でも、そんなこと言うとどんどん甘えるぜ」

「うふふ、構いませんよ。膝枕でもしましょうか？」

冗談っぽく笑いながら彼女は自分の膝を叩く。彼女が力になれなかったと嘆いているのは、ヴァイスが自暴自棄になっていた時のことだろうな……大丈夫だ。俺は一人で悩んだりはしない。俺は一人じゃないって知ってるからな。

「きゅーきゅー」

俺とロザリアが見つめあっていると、肩の神獣が『僕もだよ』と言わんばかりにその存在を主張する。

「すっかり、ヴァイス様に懐きましたね。神霊の森からついてきましたし……この子もヴァイス様のことを好きなのでしょうね」

「そうだな……せっかくだし、名前を決めるか」

「きゅーきゅー♪」

俺達の会話の意味がわかっているかのように神獣が嬉しそうに俺の肩で踊る。あの時不思議な力がみなぎってハデスを倒せたのは偶然ではない。こいつは俺と契約をしてくれたのだ。その証拠にあれ以来不思議な力を感じると共にこいつは森に戻らず、俺についてきてくれた。つまり俺のヴァイスやロザリアを推す気持ちや守りたいという想いはゲームの主人公達やヒロイン達と同じくらい強いっていうことか……。

俺の推しへの気持ちを認めてもらったようで嬉しくなり、神獣を撫でると嬉しそうにその身をゆだねてくれる。可愛いなおい。

「それで名前だけど……ホワイトテイルゴッドラビットはどうだろうか？」

「きゅーーー!?」

「ヴァイス様、それはちょっと……」

神獣とロザリアがマジかよとばかりに少し引いた顔をした。さっき無条件で信じてくれるって雰囲気だったロザリアまでこんな反応をするなんて……もしかして、俺ってネーミングセンスがないのだろうか？

「ああ、すいません、ヴァイス様の考えた名前があまりに個性的だったものでして……ではもう少し短めにしてホワイトちゃんはどうでしょうか？」

「きゅー♪　きゅー♪」

「うふふ、可愛らしいですね。気に入ってくれたようです」

「お前……俺になついていたんじゃ……」

俺の肩から飛び降りて、ロザリアの膝に頬を擦り付けているホワイトをジト目で見つめる。

そんなことをしているとノックの音が響いた。

「ヴァイス様、ロザリア様。ラインハルト様がお呼びです」

「ああ、わかった。すぐ行くよ」

俺達はすぐに準備をしてメイドさんについて行く。でもさ、ホワイトテイルゴッドラビットってそんなにダメかな？　かっこよくない？

「よくぞ来てくれた。ヴァイス君、ロザリア。この度は我がブラッディ家の危機を救ってくれて感謝する。君の活躍はアイギスから聞いているよ」

「そうよ、ヴァイスはすごいんだから!!」

ラインハルト様とアイギスが俺達を歓迎してくれる。てか、俺が褒められたのになぜかアイギスが得意気だ。まあ、可愛いからいいか。

「君の知識の深さに救われたよ。妻の体調は順調に回復している。昨日なんて、意識を取り戻して私の名前を呼んでくれたんだ。嬉しさのあまりつい熱烈なキスを……」

「お父様……自分の親のそういう話は聞きたくないわ」

「ああ、そうだね……すまない……」

げんなりしたアイギスにラインハルトさんは気まずそうに頰をかく。まあ、それほど嬉しかったのだろう。近いうちにアイギスに弟か妹が増えるかもしれないな。

「それはよかったです。それでハデス教の信者は……」

「ああ、彼らが原因だったのだろう？　ちゃんと拷問をして、拠点を聞いて潰しておいたよ。しばらくぶりに剣を握ったが私もまだまだ動けるようだね」

豪快に笑うラインハルトさんだが、ハデス教徒って一人一人が強いんだよな……そいつらの拠点をあっさりと潰すなんて……ゲーム本編が始まる前にはもう死んでいたが、ひょっとしたらこの人、無茶苦茶強いんじゃ……。

「もちろん、近隣の貴族にもハデス教には気をつけるように伝えておいた。彼らが暗躍するのを多少は妨害できるはずだ」

「ありがとうございます、ラインハルト様。こちらがお願いしようとしていたことまでやってくださったのですね」

「まあ、私の妻の指示なんだけどね。あいつは頭が回るんだ」

自分のことのように奥さんを自慢するラインハルト様。この人もアイギスと同じで脳筋なのかもしれないな。

だが、ここでハデス教の戦力を削れたのは大きい。俺の領地が力をつけるまでの時間が稼げるだろう。

「それで……私に頼みたいことがあるそうじゃないか？　なんでも言ってくれ。私にできることならばなんでもしよう。アイギスと婚約したいというのなら、前向きに善処しようじゃないか」

「お父様!?」

「ぶっ」

「さすがです、ヴァイス様はモテますね」

「ふふふ、冗談だよ。それで、ヴァイス君。何が望みなんだい？」

慌てた様子の俺達を見てにやりと笑うラインハルトさん。俺は真っ赤な顔をしてじろじろと見るアイギスに少し気恥ずかしい感情を覚えながら、当初の目的をお願いすることにする。

「うちの領地にいくつか魔物の巣が発見されたんです。本来ならば退治すべきなのですが……あいにくうちの兵士達ではまだ戦力不足でして……準備が整ったらすぐにでも攻めようと思っているのです。その時にお力を借りたいのですが、大丈夫でしょうか？」

「もちろん構わないとも。だが、戦力不足なのだろう。せっかくだ。君が良ければ我らが兵士達と合同で鍛錬をするのはどうだろうか？」

「願ってもないことです。ありがとうございます。ラインハルト様!!」

俺の声は上ずっていなかっただろうか？　これは想像以上の収穫だ。ブラッディ家の兵士の練度はかなり高いと有名だ。そんな彼らのノウハウを直接教えてもらえるなんて……。

そんなことを思っているとラインハルト様が声をひそめて俺に囁《ささや》いた。

「その代わりといってはなんだが……これからもアイギスと仲良くしてもらえると嬉しい。君には相当懐いているようだからね」

「もちろんです。俺とアイギス様……いえ、アイギスは友人ですから」

ラインハルト様は一瞬目を見開き、俺とアイギスを交互に見つめてから満足そうに頷いた。色々とあって人間不信になっていた娘のことを心配していたのだろう。

「何をこそこそと話しているのよ!!」

「ふふふ、男同士の内緒話というやつさ、なあ、ヴァイス殿」

「はい、そんな感じです」

「なんかイヤラシイ感じ……」

会話に入れなかったのが悔しいのか頬を膨らませるアイギス。そんな彼女にラインハルトさんが話題を振りながら、歓談が始まる。

そうして俺は新しい友人達と楽しい時間を過ごしたのだった。自分だけハブられたことをあとで知ったナイアルが恨めしそうにしていたのは正直すまないことをした。

ヴァイス＝ハミルトン

職業　領主
通り名　無能悪徳領主?
民衆の忠誠度20→25（減税によってアップ）

武力　45→45
魔力　65→70
技術　25→28

スキル

闇魔法　ＬＶ2
剣術　ＬＶ2
神霊の力　ＬＶ1

ユニークスキル

異界の来訪者
異なる世界の存在でありながらその世界の住人に認められたスキル。この世界の人間に認められたことによって、この世界で活動する際のバッドステータスがなくなり、柔軟にこの世界の知識を吸収することができる。

二つの心

一つの体に二つの心持っている。魔法を使用する際の精神力が二人分になる。なお、もう一つの心は完全に眠っている。

推しへの盲信（リープ　オブ　フェース）

主人公がヴァイスならばできるという妄信によって本来は不可能なことが可能になるスキル。神による気まぐれのスキルであり、ヴァイスはこのスキルの存在を知らないし、ステータスを見ても彼には見えない。

神霊に選ばれし者

強い感情を持って神霊と心を通わせたものが手に入れるスキル。対神特攻及びステータスの向上率がアップ。

三章　冷酷なる偽聖女アステシア

邪神ハデスの元までもう少しだった。復活したハデスが待ち受ける地下神殿で、ゼウス教の紋章が縫われた旗を掲げている集団と、黒づくめの集団が対峙していた。

「わかっているんだろう、アステシア。ハデスは君達を救おうとしているんじゃない。利用しているだけにすぎないんだ!!　だから……」

「だから、なんなのかしら？　今更助けを求めて何になるというの？　あなた達ゼウス教徒達は邪教の信者である私達を救ってくれないでしょう？　利用されているとわかっていてもやらなければいけないのよ」

青年の言葉にアステシアと呼ばれた少女は表情一つ変えずに返事をする。はっきり言って彼女達ハデス教徒に勝ち目はなかった。数こそ同じくらいだが、彼らの大半は戦の素人だ。戦える者達は地上で青年の率いる集団と戦って倒されている。だが……降伏したところで邪教の信者である彼女達の未来は明るくはないだろう。

「僕がみんなを説得して……」

「無理ね。私達もあなた達もお互いに血を流しすぎたわ。降伏した私達の仲間がどうなったか……忘れたとは言わせないわよ。今更和解なんてできないの。なによりもゼウス教徒達がハデス教徒達を許しはしないでしょう？」

アステシアの言葉に青年は言葉を詰まらせる。正義感で思わず口にしたのだろうが、彼もまた、現実を思い出したのだろう。

彼が戦いの末に保護したハデス教徒達はゼウス教徒達にリンチされて殺されたのだ。そのお返しと、彼女もゼウス教徒の捕虜を皆殺しにしている……もう、お互い引き返せないところまで来てしまっているのだ。

「あなたは私がハデス様に利用されていると言ったけど……あなたもゼウスに利用されているだけではないのかしら……？」

「それは……」

アステシアの言葉に青年は口をつぐむ。

「私もあなたも神託なんか気にせずに生きていればこんなことにはならなかったかもしれないわね……」

自虐的に彼女は笑う。神の願いなんて無視をすればよかった。ゼウスとハデス、二つの神に人生を翻弄され、偽りの聖女とまで罵られた彼女は最後にそんなことを思うのだった。

これがハデス十二使徒最後の生き残りであるアステシアの最期のセリフである。彼女はハデス信者として最後まで戦い、そして、その命を落とした。

もしも、彼女が神託に逆らっていればこうはならなかっただろう。

◆

「終わったぁぁぁぁぁ!!」

「お疲れ様です、ヴァイス様。ようやく書類が片付きましたね。ホワイトちゃんも褒めてますよ」

「きゅー♪　きゅー♪」

ラインハルトさん達との話し合いを終えた俺は、合同演習の打ち合わせや、神霊の泉に関する報告書の作成などで忙しかったのだ。

だが、それもようやく一段落ついた。俺はホワイトを撫でながらロザリアの淹《い》れてくれた紅茶に口をつける。

「せっかくだし、久々に外に出てみるか。視察ってことでさ。教会にも話さなきゃいけないことがあるしな……」

俺の提案にロザリアとホワイトも嬉しそうに同意してくれる。

「いいですね、最近は治安も良くなって、市場も活発らしいですし、お出かけしましょう。それに教会のシスターには、近々ヴァイス様が来るかもしれないと話しておきましたから、突然行っても大丈夫だと思いますよ」

「きゅうーーー♪」

言葉がわかるかのようにホワイトが俺の肩で踊る。そうとなれば善は急げだ。俺達は外出の準備をする。

そういえば、ちゃんと街を歩くのは初めてだな……少し前までは領主への忠誠度が低すぎて、迂闊に歩けなかったからな。ちょっと楽しみである。

外出ということで、俺は仕立ては良いが、派手にはならない服に着替えた。もちろん、ロザリアも私服である。

いつものメイド服や、戦闘時の革鎧ではないので新鮮だ。というか、無茶苦茶似合ってる。あんまりじろじろと見ては失礼かな、などと思っている俺に、彼女が微笑みかけてきてドキッとしてしまう。

「あー、ヴァイス様!! ロザリアとホワイトちゃんと街へお散歩なんてずるいですよーー、私も交ぜてくださいよぉ」

屋敷を出ようとしているところで掃除しているメグに見つかってしまった。こいつ、いつも掃除してんな。

メグが仲間になりたそうにこちらを見つめているがどうするべきだろう。まあ、彼女も連れて行ってもいいんだが、騒がしくなりそうである。

「違いますよ、メグ。ヴァイス様は視察で、私はその護衛なんです。遊びに行くわけではないんですよ」

「でも、その割にロザリアってばすごくお洒落《しゃれ》な服を着てるじゃん。まるでデートみたい……」

「メグ……この前割った皿を代わりの物とすり替えた件をメイド長に報告しましょうか？」

「いってらっしゃーい!!　お土産楽しみにしてますね。クッキーが良いでーす。あー、忙しい、忙しい」

ロザリアの一言で、急にほうきで掃き始めるメグ。現金なメイドである。

そういえばせっかくロザリアがお洒落をしてくれたというのに、それに関してコメントをしていないな。

今日の彼女はレースをあしらった青色のワンピースに、ルビーのペンダントを身に着けており、いつもよりも大人っぽい。メグの言う通り頑張って準備をしてくれたのだ。だったら、こういう時はちゃんと褒めないとな。前世で読んだモテるための本にもそう書いてあったしな。

「今日のロザリアはいつもの服と違って、新鮮だな。とても似合っているぞ」

「うふふ、ありがとうございます。そう言っていただけると嬉しいです」

俺が褒めると彼女は照れ臭そうにはにかんだ。効果は抜群のようだ。前世ではとてもじゃないがこんな歯の浮くようなことは言えなかったが、ヴァイスになったからだろう、スラスラと

からな。

言葉が出てくるぜ。自分に自信を持つっていうのは大事だな。

俺達はあえて馬車ではなく徒歩で教会へと向かう。徒歩の方が町の中をゆっくり観察できるからな。

「市場にも活気が出てきましたね。人通りも増えて何よりです」

「ああそうだな。こら、ホワイト。落ち着いて食べろっての」

「きゅーきゅー♪」

俺が露店で買った果物をホワイトに与えるとすごい勢いでかじり始めた。ちなみに果実屋のおっさんは俺が領主だとは気づかなかったようだ。まあ、テレビとかもないし、いちいち領主の顔なんて覚えていないんだろう。それに、ヴァイスは領主になってそんなに時間がたっていないし、あんまり表立って演説などはしなかったようだしな。

これなら、視察にはちょうどいいかもしれないな。

「なあ、ロザリア、俺も小腹が空いたんだけど、どこか美味しい店はないか？」

「うーん、そうですね。ヴァイス様好みの串に刺して焼いたお肉を売っている屋台を知っていますよ。メグも大好きで、しょっちゅう買い物ついでにエールを片手に楽しんでいますね」

「それってさぼりじゃ……」

「うふふ、ちょっと口が滑ってしまいましたね」

悪戯《いたずら》っぽく笑うロザリア。さっきからからかわれたことへのお返しだろうか？　俺にはいつも優しいけど、怒らすと結構恐いのかもしれない。

俺達は人通りの多い市場を眺めながら歩く。すれ違う人々に笑顔が浮かんでいるのを見て嬉しくなる。とりあえず領民達は安心して暮らしてくれているのだろう。

そして、ロザリアの案内で肉串の屋台の前に着いた。ブタや牛、鳥などの肉が串に刺されて並んでおり、前世の祭りの屋台を思い出させる。

「店主。お勧めの串焼きを俺と彼女に頼む」

「あいよ!! 兄ちゃん、別嬪《べっぴん》さんを連れているね!! せっかくだしおまけしてあげよう」

「ヴァイス様……このくらい自分で払いますよ」

「気にするなって、いつも美味しい料理を作ってくれるお礼だよ」

申し訳なさそうに耳打ちするロザリアに俺が気障っぽく返すと、ロザリアは嬉しそうに微笑んでくれた。彼女には本当に世話になっているからな。これくらいはさせてほしい。

「きゅーきゅーー!!」

「ホワイトも食べたいのか……？　てか、お前って肉も食べられるのか……？　ウサギは雑食だしいけるか……？」

僕も忘れないでとばかりに存在を主張するホワイトに苦笑しながら、俺はホワイトの分も注文する。

しばらく待つと、香ばしい香りのする肉串を店主が渡してくれた。

さっそく口にすると柔らかい肉から肉汁が広がって、旨味に満たされる。屋敷の上品な料理もいいが、こういうのも美味しいな。それに、ファンタジーという感じでテンションがあがる。

「どうだい、兄ちゃん、うまいだろ」

「ああ、素晴らしいな。ところで……ここの領主は悪徳領主と聞いていたんだが、ずいぶんと市場に活気があるんだな」

「……!?」

俺の言葉にロザリアが「何を聞いているのですか？」とばかりに目で訴えてくる。その瞳からは俺が傷つかないかと案じてくれているのがわかる。

ロザリアが心配するのも無理はない。だけど、俺はこの地を発展させると誓ったのだ。だったら生の言葉を聞かないとな。

店主は少し難しい顔をして口を開いた。

「う―ん、そうだなぁ……先代が死んで息子が引き継いだんだが、最初はそりゃあひどいもんだったよ。色んな事業に手を出しては失敗して景気を悪くするし、その領主の部下が変な奴らをつれてきて治安だって悪くなった。みんな妹のフィリス様が継げばいいのにって愚痴ったもんさ」

「……」

話を聞いているうちにロザリアの顔が強張《こわば》る。ああ、気持ちはわかるよ。彼女の震えている手をそっと握る。俺は大丈夫だと伝わるように……。

そんな俺達の様子に気づかずに店主は話を続ける。

「だけど、領主様は倒れてから別人のように変わったんだ。好き勝手していた部下を捕らえて、減税や改革をしたりしてさ、そのおかげかな。景気が徐々に回復してきたんだよ」

「そうか……領主は頑張っているんだな……」

「そうだな。それに、領主様の所の騒がしいメイドが時々さぼりに来るんだが、その子いわく、軍を率いて、好き勝手していた犯罪者を倒す指揮をしたらしい。『領主様はすごいんですよ』って言ってたぜ。おまけに今度は戦場の英雄と言われたブラッディ家との合同訓練とかも計画しているらしい。そのおかげか、領民達も安心して暮らすことができるようになったんだ。それもあって市場に活気が戻ってきたっていうわけさ」

彼の言葉につられて市場を見回す。そこらかしこで聞こえる商人の声や、子供達の笑顔が目に入る。

俺の改革はちゃんと効果があったようだ。残念ながらヴァイスの頑張りは評価されていなかったようだが、それに関しては俺とロザリアがそれを知っているのだ。問題はないだろう……少し悲しく思いながらも納得した時だった。

「でも、今思えば領主様は、子供の頃はよく使用人と街に来ては俺達に、『どうすれば生活はよくなるんだ？』とか聞きに来てくれていたんだよな……まあ、フィリス様が養子になってからはすっかり来なくなってしまったが……」

「え？」

ヴァイスが領民の話を聞きに来ていただって……？　ゲームでも知らない話に俺は思わず驚きの声を漏らす。

「だから……生まれ変わったっていうよりも、昔に戻ったっていう感じかな。思えば最初の頃も慣れないなりに頑張っていたんだろうな。だから、うちの領主を悪徳領主って言うのはやめてもらえたら嬉しい」

「そうか……ありがとう……」

店主の言葉に俺は思わず目頭が熱くなる。なんだよ……ヴァイスの頑張りをわかってくれていた人がここにもいるんじゃないか……。

「ご主人様、これで拭いてください」

空気を読んだロザリアがあえて、俺の名前を呼ばずにハンカチを渡す。彼女もまた少し涙ぐんでいるのは気のせいではないだろう。ああ、そうだよな。彼女は誰よりもヴァイスを信じていて……悪評に耐えてきたのだ。

ヴァイスを認める声を聞くのは俺よりもずっと嬉しいだろう。

「ありがとう、店主。色々と興味深い話を聞かせてもらったよ」

「ああ、また来てくれよな!!　んー、でもお客さんの顔って、どこかで見たことがある気がするんだよなぁ……」

俺達は正体がばれる前に会計を済まして屋台を後にする。その足取りは来た時よりもずっと軽かった。


「それで……教会を運営しているシスターっていうのはどんな人なんだ？　ロザリアの友人なんだよな？」

「はい、私の冒険者時代の仲間だったプリーストです。私達は、元々とある事情で冒険者をやっていたのですが、この教会の先任の神父さんが高齢で引退したので、彼女は冒険者を辞めて、教会の運営と孤児達の世話を引き継いだんです。口は悪いですが根は真面目ないい人ですよ。ただ、めんどくさがり屋なので、ヴァイス様のお願いを聞いてくれるかはわからないのですが……」

口が悪いシスターってどんなんだよ……と思いつつ俺達は教会の扉に手をかける。領主だからハミルトン領では一番偉い俺だが、教会の人間は別だ。この世界では神が王や貴族に統治する権利を貸しているという設定なため、教会の人間には拒否権があるのである。

「こら、あんた達言うことを聞かないとおしおきするよ!!」

「わーー、お姉ちゃんこわいよぉぉぉ」

教会の中からはそんな声が響く。子供もどこか楽しそうな感じなので虐待とかではなさそうだ。そこでは金髪のシスターと数人の子供が追いかけっこをしていた。

「元気そうですね、アンジェラ。ヴァイス様をお連れしましたよ」

「その声はロザリアか……久しぶりだねって……あんたそれは……」

アンジェラと呼ばれたシスターがロザリアに親しみに満ちた笑みを浮かべたあとに、俺を見つめてすさまじい表情をした。

え、俺なんかやっちゃいました？　もしかして、ヴァイスが何かやらかしていたのか？

アンジェラに鋭い視線を向けられて俺は動揺するが、その視線の先は俺ではなく、ホワイトであることに気づく。

「そいつは……神獣様じゃないか!!　神霊の泉を見つけたとはロザリアに聞いていたけれど、神獣様の加護を得ているなんて……」

「ああ、俺が偶然傷ついていたこの子を助けてね……その後色々あって契約してもらったんだよ」

「きゅーきゅー!!」

「わー可愛い!!」

注目されているのに気づいたのかホワイトが可愛らしく鳴きながら尻尾を振る。子供達が黄色い悲鳴を上げるが、なぜか、アンジェラは険しい顔をしたままだ。そんな……ホワイトの可愛らしさが通じないだと？

彼女はそのままの表情で子供達に声をかける。

「あんた達、ちょっと外で遊んでおいで。私はこの人達と大事な話をするからね」

「はーい。でもこのお兄さん誰だろう」

「逢引《あいび》きだーー、アンジェラお姉ちゃんにもようやく春がきたんだ」

「さっさと行きなさいっての!! 変な言葉ばかり覚えるんじゃないよ!!」

楽しそうに笑いながら出て行く子供達を見て、確かにロザリアの言う通り、優しい人なのだなとわかる。子供達は本気でアンジェラを慕っているようだし、孤児だというのに寂しそうな様子を感じさせなかったからだ。

まあ、確かに口は悪いけどな……。

そして、俺達は彼女に案内された小部屋に入る。そこは話し合いなどに使われるのだろう。質素な木製のテーブルとイスに本棚があるだけのシンプルな部屋だ。

俺はテーブルをはさんでアンジェラと向かい合って座る。ロザリアは時々来ているのだろうか、慣れた手つきでお茶を淹れると、アンジェラに頼まれて子供の様子を見に行ってしまった。

わざわざ二人っきりにするとは何かあるな……。

「それで……領主様がこんな所になんの用だい？　お祈りに来たってわけじゃないんだろ？」

「ああ、俺が神霊の泉を見つけたのは知っているよな」

「ええ、ロザリアが嬉しそうに話しに来たよ。ヴァイス様はすごいってね……それで、私にその管理者をお願いしたいってことかい？」

ロザリアが下話をしておいてくれたおかげか、彼女も俺の訪問理由を察していたようで話が早い。俺は頷いて話を進める。

「ああ、神霊の泉は貴重だからな。おそらくこのまま管理者不在だと王都らへんからゼウス教の人間がやってくるだろう。そいつがハミルトン領のために動いてくれる人間ならいいが、そうとも限らないだろう？」

「そうだねぇ……確かにあいつらはゼウス教の利益を優先するだろうね」

基本的にゼウス教と貴族は対等な存在として扱われている。だから、彼らに対しては無茶なお願いは領主の俺でも言いにくいし、通らない場合がある。

そして、王都から来た人間ならばハミルトン領よりもゼウス教の利益を重視する可能性が高い。前世でたとえると、支社に本社の人間が来て、好き勝手をする上に、支社の人間の事情も考えずに本社の利益を考えた行動をする可能性があるのだ。

だから、ハミルトン領に住んでおり、多少はこの街に愛着があると思われる彼女に管理者をお願いしようと考えたのだ。

「私がゼウス教の利益を重視する人間だっていうのを考えなかったのかい？」

「それはないだろうな。ロザリアが信頼しているし、子供達も幸せそうだった。それはあなたが寄付金などを規定以上にゼウス教に献上をするのではなく、ちゃんと子供達に使っているということだ。だから俺も信用できるって思ったんだ」

俺の言葉に彼女は一瞬目を見開いて、少し意外そうな顔で口を開く。

「へぇー、あんまりいい評判を聞かないから心配していたけど、ちゃんと物を見ているようじゃないか。ロザリアが推薦したからってだけじゃなくて、ちゃんと状況を見て、自分で判断できる頭もあるんだねぇ」

「そう言わないでくれ……俺だって今まで頑張っていたんだよ。ただ空回っていたんだ」

多少覚悟はしているものの、やはりヴァイスが悪く言われるのはちょっと悲しい。そんな俺に彼女は素直に詫びてくれた。

「ああ、ごめんごめん。悪く言う気はなかったんだ……私としてもあの子達には幸せになってほしいからね。ハミルトン領には発展してもらった方が都合はいいし力は貸すよ。だけど、一つだけお願いがあるんだ。神獣様に認められたあんたにしかできないことがね」

「うん？　こいつが関係しているのか？」

「きゅきゅー？」

俺がホワイトを撫でると首筋を舐めてきてくすぐったい。神獣の力が必要となると神関係だろうか？　一体どんな無理難題を押し付けるつもりだろうか？

「私には妹みたいな子がいるんだけど……その子を救ってあげて欲しいんだよ。神獣様に認められたあんたならきっとできるはずなんだ。あの子を……アステシアを救ってくれないかい!!」

「アステシアだと……」

予想外の名前に俺は驚愕の声を漏らすのだった。


『冷酷なる偽聖女アステシア』はゲームではハデス教の十二使徒序列二位の幹部である。ゼウスの力とハデスの力を使いこなす強敵だ。

命乞いをした兵士すらも、皆殺しにする容赦のない戦い方と、その反面、仲間には優しく、特に子供には甘いというギャップが魅力のクール系美少女キャラである。

そして、ファン達の間で話題になったのは……胸元から神のいかずちを出す通称「おっぱいサンダー」と、アステシアを倒したあとに、彼女が密かに保護をしていたハデス教徒の戦争孤児達を集めた孤児院でのエピソードだった。子供達はずっと彼女の帰りを待っており、彼女の私室には悲しい過去に関する出来事が書いてある日記があり読むことができたのだ。

そんなことを思い出しながら俺は誰にも聞こえないようにぼそりと呟く。

「そうだよ……俺は彼女のことも救いたいと思っていたんだ」

ヴァイスが男性キャラの推しならば、アステシアは俺の女性キャラの推しである。そして……ヴァイスやアイギスのように彼女もまだ救えるかもしれないのだ。

俺の反応にアンジェラが怪訝そうに眉をしかめる。

「あんた……アステシアを知っているのかい？」

ああ、そうだよな……なんで地方領主が一人のプリーストを知っているんだって話だよな？　アンジェラが不審に思うのも無理はない。どう言い訳をするか……とか普通の転生者だったら思うんだろうなぁ!!

「ああ、確か数年前に王都で強力なゼウス神の加護を持つ少女で現れて、聖女と呼ばれていただろう？　その子がアステシアという名だったな。結局、偽物だったという噂が流れて彼女は王都から追い出されたと聞いたが……」

アンジェラの疑問に俺はスラスラと答える。俺はヴァイス同様、彼女のこともちゃんと頭に入っているんだぜ!!　しかも、ファンブックには彼女の過去まである程度書いてあった。ヴァイスと違って人気のボスキャラだからな。情報量も段違いなのだ!!

「へえ、あんたが子供の頃の話だっていうのに、随分と詳しく覚えてるんだね」

アンジェラが感心したように頷いて、そして……悲しそうな表情で言葉を続ける。

「あの子はね、偽物なんかじゃないんだ。本当に強力な力を持っていたんだよ……だけど、そのせいか他の人間に疎まれるようになったんだ……」

辛いことでも思い出したようにアンジェラの顔が歪む。

「しかも、それだけじゃないんだよ。なぜか彼女を見ると……みんな苦手だなって思ってしまうようになったんだ……」

「それで、あなたはそれを邪神か何かの呪いだと思っているんだな？　神獣の加護を持つ俺ならば他の神に力に対抗できるから、救ってほしい、とそういうわけか」

アンジェラの推測は正しい。アステシアは強力な力を持っていたが故に、その存在を警戒したハデス十二使徒によって呪いをかけられているのだ。その呪いは強力で……おそらく、彼女自身もかけられていることに気づかず、日々を辛い思いをして過ごしていたのだ。

そして、人々に傷つけられ絶望していたところをハデス教徒によって救われたのだ……いや、救われたと思ってしまったのだ。

そんな彼女もゲーム本編よりも前の今ならばまだ救えるかもしれない。だけど気になったことがある。

「話はわかった。だけど、なんであなたは彼女のことをそんなに心配するんだ？　妹みたいな存在と言うくらいだから、本当の家族というわけではないんだろ？」

「それはね……私とあの子は同じ学校の寮で暮らしていてね。姉妹のように育ったのさ。だけど……私じゃあ、あの子を救えなかった。呪いに抗《あらが》えないんだよ……だから……」

「アンジェラが冒険者になったのも、元はその子を救う方法がないかを調べるためでしたもんね。残念ながら高価なお金で買った聖水を届けても効果がなかったようですが……」

子供達の相手を終えたのだろう、ロザリアが戻ってきて俺の隣に座る。アンジェラは神妙な顔をして頷いている。

この人、アステシアとそんなに関係が深かったのかよ……不自然にキーキャラクターがいる気がするが、元はこのハミルトン領は主人公が拠点とする街なのだ。おかしくはないだろう。もしかしたらアップデートでなんらかのイベントが入る予定だったのかもしれないな。

「てか、聖水を送ったってことはアステシアの居場所はわかっているのか？」

「ああ、隣のインクレイ家の領地にある教会で働いているよ。あまり扱いは良いとは言えないみたいだけどね……」

悲しそうに言う彼女が、それでもアステシアを強引に連れて来なかったのは呪いの効果が強力なせいだろう。呪いの対象はアンジェラでも例外ではない。だから、直接会ったりはしないようにしているのだろう。

アンジェラのアステシアの力になれないことを悔やんでいる表情がなんとも辛い。

「我がハミルトン家とインクレイ家の仲はあまり良いとは言えません。おそらく、彼女に会いに行くとしても領主としてではなく、平民のふりをしてインクレイ家の領地に行くことになると思います。そして、ヴァイス様の正体がばれたらその身に危険が降り注ぐかもしれません。どうしますか？」

ロザリアにしては珍しく無表情で俺に訊ねる。アンジェラは昔の仲間だ。力になってあげたいという想いと、俺の身を案じる思いがぶつかり合っているのだろう。

心配するなよ。俺の気持ちはとっくに決まっている。だって……俺がこの世界に転生した理由は悲惨な目にあった推しを救うことなのだから。

「アンジェラ、このヴァイス=ハミルトンがアステシアを救ってみせると誓おう、その代わり、神霊の泉の管理の件は頼むぞ」

「本当にいいのかい？　あんたの身に危険が……」

「そんなものはないよ。だって。俺の傍には優秀なメイドがいるからな。なあ。ロザリア」

冗談っぽく言う俺の言葉に、ロザリアの表情にいつもの笑顔が戻る。

「はい、ヴァイス様の身は私が守ります」

「違うだろ。二人でお互いを守りあうんだ。俺とお前ならなんでもできるさ。じゃあ、準備をするぞ」

そして、俺達はアステシアに会いに行くことになったのだった。

「くそがぁぁぁぁぁ!!　なんで、ブラッディ家の令嬢がハミルトン家のクズと仲良くなっているんだよ!!」

「きゃあっ⁉」

僕ことヴァサーゴ＝インクレイが怒鳴りながらテーブルを叩くと質素な布のようなみすぼらしい服を着た少女が悲鳴を上げる。彼女の恐怖に満ちた表情に僕はイライラがおさまっていく。もちろん、彼女はメイドなどではない。奴隷である。

「ヴァサーゴ様……落ち着いてください……お飲み物が……」

「うるさい‼　僕に口答えをしていいっていつ言った⁉　こぼれたんならさっさと拭けよ‼　大体ハミルトン家は代々僕らインクレイ家よりも格下なんだよ‼　なのに、僕が口説き落とすはずのアイギスと仲良くなったうえに、奴隷の売買ルートを口利きしてやったグスタフやバルバロまで捕まえやがって‼　あいつのせいで僕の計画はめちゃくちゃじゃないか‼」

慌てて自分の身に着けている布でテーブルを拭く奴隷に怒鳴りつける。この国では禁止されているが、やはり奴隷はいい。どんなふうに扱っても文句は言わないからね。

そして、同じように使い勝手のいい奴隷を欲しがる貴族はたくさんいるのだ。だから、何かあった時に責任を押し付けることができるようにハミルトン家の領地に奴隷売買組織の拠点を置いたっていうのにヴァイスがよけいなことをしたせいで無駄になってしまった。

僕が自分の不運を嘆いていると扉が開く。奴隷を飼っているこの屋敷を知っている人間は多くない。

やってきたのはフードを深く被った男だった。彼は僕の協力者である。

「おやおや、どうしましたヴァサーゴ様。今日は特に機嫌が悪いようですな……」

「お前は……お前の言うとおりにすれば安全に奴隷の売買ができて、何かあったらハミルトン家に全てを押し付けられるって言ってたじゃないか!!　なのに……」

「そうですね……ハミルトン領の領主があそこまで優秀だとは予想外でした。私の予想ではあのままグスタフ達の言いなりになり悪徳領主として皆に嫌われると思ったのですが……」

僕が怒鳴りつけているというのに、フードの男は涼しい顔をしてやがる。しかも……ヴァイスの奴が優秀だって……？　フードの男の言葉がより僕をイラっとさせる。

「優秀なもんか。あいつはたまたま運がよかっただけだ!!　それとお前の計画が杜撰《ずさん》なだけだろ!!」

「そうですね……せっかくヴァサーゴ様に力を借りたというのにこのような結果になってしまい申し訳ありません」

頭こそ下げているもの、奴隷と違い全然こたえていないであろう様子がなんとも憎らしい。だが、この男には奴隷の販売ルートや麻薬の入手経路などを教えてもらわねばならない。利用価値はまだまだあるのだ。

それに……こいつからもらった証拠の出ない毒薬のおかげで忌々しい親父と弟を毒殺することで僕は領主になれたのだ。多少の恩はある。

まあ、優秀だからって妾《めかけ》が生んだ弟を領主にしようとした馬鹿な親父や、身の程をわきまえない弟は死んで当たり前だと思うけどね。

「それで今日は一体何の用なんだ？　僕はこれからこいつで楽しむところだったんだけど……」

「ひっ……」

僕の言葉にびくっとする奴隷の反応を見て加虐心がそそられるのと同時に、気が安らいでいく。

「それはそれは……せっかくのお楽しみの所を失礼しました。ただ、あなた様の領地にある教会に偽装した奴隷育成所が怪しまれているようなので、ご報告に来ました。王都から調査員がやってくる可能性があるとのことです」

「なんだって⁉　どういうことだよ？　絶対大丈夫だって言ったじゃないか‼」

こいつの言葉に僕は動揺を隠せない。自分の領地での奴隷の売買が明るみになったらまずい……責任者を切り捨てればいいが証拠の隠滅などには多少は手こずるだろう。

しかし、なんでこいつはこんなに落ち着いているのだろう？　もしも、ばれたらこいつだってただでは済まないと思うんだけど……。

「私もまさか、怪しむ人間が現れるとは驚きでした。ただ、その程度では計画に支障はありません。あそこには嫌われ者のプリーストがいます。なにかあったら彼女に全てを押し付ける準備はできています」

「ああ……あいつか……アステシアだっけか？　なんというか美しいけど口説く気がおきな

かったんだよな……むしろ、関わりたくないって思わせるような奴だったな……」

僕は一度だけ遠目に見た女の顔を思い出す。確か綺麗な顔立ちをしていたけれど、生理的な嫌悪を感じさせる不思議な女だった。

「それと……我らが十二使徒の一人を潜伏させておりますのでご安心を。性格に難はありますが、腕は確かです。王都からの調査員も相手にならないでしょう」

「十二使徒だって……」

噂には聞いたことがある。ゼウス神の十二使徒と同様に、ハデス神から特別な加護をもらった十二人の人間だ。そんなすごい奴が僕のために動いているっていうのか……

そう思うと胸が熱くなる。僕の気持ちに気づいたのか目の前の男もニヤリと笑った。

「それだけ、ヴァサーゴ様は我々にとっても大事な御方なのですよ。これからもよろしくお願い致します……それではあなた様にもハデス様の加護がありますように……」

そう言ってお辞儀をすると彼はそのまま去っていく。ハデス教か……確かに胡散臭いが僕をこれだけ評価してくれているのだ。悪い気はしない。利用価値があるから仲良くしておいてもいいだろう。もしも邪魔になるようだったら……利用するだけ利用して捨てればいいのだから。

僕は去っていく男を見ながらニヤリと笑った。

アンジェラの話を聞いた俺達は、すぐに準備をしてインクレイ領の教会へと向かっていた。アステシアの状況が読めないからな、彼女は今も呪いに苦しめられているのだ。事態は一刻を争うのだろう。

「なあ、ロザリア、ちゃんと冒険者に見えるかな？　貴族としての気品が溢れ出てないか？」

「大丈夫です、とてもお似合いですよ。歴戦の冒険者って感じです。さすが、ヴァイス様、どんな服装でもお似合いです!!」

俺が心配そうにロザリアに話しかけると、彼女はいつものように笑顔で返してくれる。領主として訪れるわけにいかないため、俺とロザリアは変装しているのだ。

ロザリアが旅のプリーストで、俺がその護衛の冒険者という設定で、アステシアのいる教会を訪れるのである。身分に関してはアンジェラの推薦状があるので問題はないらしい。

俺がほっと一安心していると、隣に座っている男が茶々をいれてくる。

「そうそう、親友殿は目つきが悪いからね。ちょっとやさぐれた冒険者って感じに見えるよ」

「いや、なんでお前が当然のようにいるんだろうな……」

「何を言っているんだい？　親友殿が心配でついてきたに決まっているじゃないか」

俺の言葉にナイアルは胡散臭い笑みを浮かべる。こいつはたまたま俺達が出かける時に遊びに来ていて、強引に加わってきたのだ。

本当は断っても良かったんだが……。

「それに……旅のプリーストと冒険者だけよりも、貴族である僕の護衛も兼ねていると言った方が通りはいいだろう？　現に検問もあっさりと通れたじゃないか。僕はヴァイスと違って周りの貴族達とも仲良くしているからねぇ。ねえ、マリアンヌ」

「それに関しては感謝しているよ……」

ナイアルの言葉に反応して、触手みたいなキモイ草が動く。悔しいがこいつの言う通りなのである。俺達は今、こいつの家の馬車に乗っているのだ。ナイアルの家はインクレイ領にポーションを輸出していることもあり、長い検問の列も無視して裏口からさっささ入れたのはありがたい。でもさ……。

「この植物達はなんなんだよ、ホワイトもびっくりしているだろ!!」

「きゅーきゅーー!!」

そう、馬車の中で変な触手のような植物に囲まれているのだ。しかも、こいつらうねうねと動いてマジでキモいんだけど!?

ホワイトもすっかりびびっているからか、俺の服の中に隠れて鳴いている。

「ふふ、この子達が解毒剤や、ポーションの原料になるんだよ。現に僕の馬車酔いだって彼女達の香りが中和してくれているんだよ」

ナイアルは愛おしいものにでも触れるようにして、触手のような草をなでる。

「それに、君達の行く教会のある街にも納入先があるんだ。しばらく僕も街に滞在しているから、やりたいことが終わったら教えてくれよ。一緒に帰ろうじゃないか」

「ありがたいけどさ……ナイアルはなんでそんなに俺のことを助けてくれるんだ？　神霊の泉の時だってそうだ。あそこは魔物が出る場所だ。死ぬ可能性だってあったし、今回だって事情を聞かないでこうして助けてくれる。なんでだ……？」

「なんでか、か……」

俺の言葉に彼は少し複雑そうな顔をして、ふっと笑った。

「それは君が親友殿だからだよ。僕は君が苦しんでいる時に何もできなかった。だから、今みたいに力になれる時は、全力で力を貸すって決めていたのさ。それに……君が領主としてどんな世界をつくるか見たいんだ。それじゃあ、ダメかな？」

「いや……ありがとう……ナイアルも何かあったら言ってくれ。俺にできることならなんでもするぞ」

「ああ、楽しみにしているよ。いつかその時は絶対に来るだろうからね」

俺の言葉に胡散臭い笑みを浮かべるナイアル。こいつとヴァイスは本当に親友なのだろう。

彼の優しさに俺の胸は熱くなっていた。

「ヴァイス様……そろそろ教会に着きますよ。準備をしましょう」

「ああ、そうだな……じゃあ、ナイアル、ホワイトを頼むぞ」

「きゅー……」

「ふふふ、たーっぷり可愛がってあげるよぉ」

俺は寂しそうにしているホワイトを撫でる。神獣を教会に連れて行くと目立ちすぎるからな。まずはアステシアの現状を把握するのが第一である。

「では……これからは偽名でいきますね。行きますよ、ロイス。うふふ、なんだか私と名前が似ていて家族みたいですね」

馬車が止まったのを確認して、ロザリアが声をかけてくる。ちなみに偽名を考えたのはロザリアである。

「ああ、護衛はまかせてくれよ、お姉ちゃん」

「ヴァイス様が弟……アリですね」

「いや、馬車がずっと止まっていると注目されちゃうから、二人とも早く出た方がいいんじゃないかな？」

なにやらにやけるロザリアに、ちょっと怖いものを感じながら俺達は馬車から降りるのだった。

馬車を降りてしばらく歩くと目的の教会が見えてきた。それと同時に子供の泣き声が聞こえてくる。視線を送ると、そこには五歳くらいの少年が目に涙をためながらしゃがんでいた。転んで足でもすりむいてしまったのだろうか。

ポーションでも渡してやろうと近寄る俺達よりも先に駆け寄る人影が見えた。サラサラの銀色の髪に無表情で、まるで人形のように透き通った白い肌の美少女である。

「キース……大丈夫？　ゼウス神の加護よ、この者の傷を癒やしたまえ」

少女がキースとよばれた少年の傷口に手をかざすと、暖かい光と共に擦り傷が瞬時に癒える。子供が少女に感謝をのべて無事解決……とはならなかった。

「何するんだよ。お前に助けてくれなんて言ってないだろ!!」

少年はなぜか少女の手を振り払うと、そのまま教会へと走って行ってしまった。残された少女はその後ろ姿を無表情に見つめ……そして、無言で、後を追っていった。

「なあ、ロザリア……正直に言ってくれ。あの銀髪の少女のことをどう思う？」

「それは……」

彼女は自分でもわからないというように眉をひそめて……そして、申し訳なさそうにこう言った。

「なぜでしょうか？　さきほどの行い自体は素晴らしいはずなのに、私は彼女に嫌悪を感じてしまいました」

「ああ、そうか……」

俺はロザリアの言葉に大きくため息をついた。滅多なことで人を嫌わない彼女ですらこれとはな……どうやら少女の呪いは思ったよりもはるかに強力らしい。

そう……あの銀髪の少女こそが、目的のアステシアなのだ。


「この教会を管理している神父のクレイスです。ロザリア殿、ゼウス神の信仰を広めるために巡礼の旅をしてらっしゃるとは素晴らしいですね。そして、あなたは……」

教会を管理しているクレイス神父はアンジェラに書いてもらった紹介状とロザリアを交互に見たあとに、怪訝そうな顔で観察するように俺を見つめる。

ここは怪しまれないように冒険者っぽく振る舞わないとな!!

「うっへっへ、護衛のロイス様だ。女性の一人旅はよぉぉぉぉ。危険だからなぁぁぁ、俺様が守ってやってるんだよぉぉぉ。その代わりにたんまりと金はもらってるけどなぁぁぁぁ!!」

前日、鏡の前で特訓した下卑た笑みを浮かべて、携帯用のナイフを手の中でくるくると回す。どうだ、メグに教わった冒険者流のしゃべりと仕草は!! これで完璧……のはずなんだけどな……。

俺はやばい奴を見つめるような視線を送ってくるクレイス神父と、かつてないほど顔を引きつらせているロザリアを見て思う。あれ? 俺なんかやっちゃいました?

「まあ、冒険者には色々な方がいますからな……ロザリア殿……悩みがありましたら、聞きますぞ。さいわい私はここの冒険者ギルドにも顔が聞きますから他の冒険者も紹介できますので……」

「いえ、大丈夫です……ロイスさんは口調こそ個性的ですが、とっても素晴らしい方なんですよ。だからご安心を」

「そうですか、なら、良いのですが……あと、大変申し訳ありませんが、ここを使うからには働いていただきます。掃除と、孤児達の面倒を見ていただけると助かります」

クレイス神父はロザリアに微笑んだあと、少し心配そうに俺を見つめる。

「最近はここらへんも物騒でして……ロイスさんには子供達の護衛と周囲の見回りをお願いできますかな」

「任せろよぉぉぉぉ、子供は大好きだぜぇぇぇぇぇぇ。どう、遊んでやろうかなぁぁぁぁ!?」

名誉挽回とばかりに俺が返事をするとクレイス神父が無茶苦茶心配そうな顔をして、ロザリアに耳打ちをする。

「この人本当に大丈夫なんですかな？　なんというか子供達の将来に悪い影響を与えそうなのですが……」

「大丈夫です……その……言葉遣いもちゃんと直してもらいますから……」

そんな感じで俺達は無事に教会に潜入できたのだった。

荷物を置いたあとに、俺達は教会の中庭へと案内をされた。

「こちらです。ですが、本当にお二人は一緒の部屋でよかったのですか？」

「はい、構いません。旅の時に色々とありまして……二人の方が落ち着くんです。ですよね、ロイズ」

「ああ、俺は彼女の護衛だしな」

ちなみに荒っぽいしゃべり方は珍しく真顔のロザリアに「そういうヴァイス様も新鮮で、素敵ですが、いつもの口調に戻してください。あと、メグには罰が必要ですね……」と言われたので戻した。敬語を使っていないのが冒険者っぽさの残りというわけだ。

でも、大丈夫かな？　ヴァイスの気品とか溢れ出してないかなぁ。そんなことを考えていると外の方から子供達の声が聞こえてくる。

「マルタは悪い奴にさらわれたかもしれないんだぞ。だから、僕が探しに行くんだ!!」

「だめだって、神父様も一人で街を歩くのは危ないって言ってたでしょ。それに……あの子の親が迎えにきてくれたのかもしれないじゃない」

「そんなことありえないってわかっているだろ!!」

先ほど足をケガして泣いていた少年と、少し年上の少女が何やら物騒な話をしているようだ。

一体何があったのだろうか？

「ああ、彼らはうちの教会で育てている孤児達なのですよ。本当はもう一人少女がいたのですが、街に買い出しに行ったきり、姿を消してしまいまして……無事だと良いのですが……」

「そうなんですか、何事もないといいですね……何か思い当たることはあるのですか？」

悲しそうに顔をうつ向かせるクレイス神父を心配するようにロザリアが訊ねる。

「ええ……ここ最近、教会の周囲を探るように見ている人影が目撃されていたのです。その時は気のせいだと思っていたのですが……」

「人さらいか……反吐《へど》がでるな」

俺の言葉にクレイス神父は険しい顔でため息をついた。ハミルトン領では今は完全に取り締まるようにしているが、スラム街や孤児院から女子供をさらって奴隷にする商売が裏であったのは知っている。

ここも同じなのだろう。そういえばここの領主はバルバロ達の奴隷販売ルートのリストに名前があったな……なんか嫌な予感がするぞ。

クレイス神父が手を叩いて、子供達の注目を集めてから声をかける。

「こら、キースにカタリナ。お客さんだよ。挨拶をしなさい」

「……」

「こんにちは、お姉さん。私はカタリナと言います。こっちの不愛想なのはキースです。よろしくお願いします」

カタリナと呼ばれた少女は礼儀正しくお辞儀をしたあとに、隣のキースを叱りつける。

「こら、初対面の人にはちゃんと挨拶しなきゃだめでしょ」

「はーい」

仏頂面で興味なさそうに返事をするキースと、笑顔でこちらに挨拶を返すカタリナの反応は対照的だった。カタリナに言われてしぶしぶと頭を下げるキースを見て、彼女は普段からまとめ役をしているのがわかる。

「しばらく、お世話になりますね。私はプリーストのロザリアで、こちらが護衛のロイスです。カタリナちゃん、キース君よろしくお願いしますね」

ロザリアが子供達の身長に合わせせるようにかがんで、微笑みながら挨拶を返す。それだけで、二人の警戒心が少し安らいだ気がする。

俺もそれにならってかかんで挨拶を返す。

「俺の名前はロイスだ。冒険者をやっている。よろしくな」

「ロザリアさんは、巡礼の旅をしているんですか。私も将来はプリーストになりたいんです。話を聞かせてください」

「え、冒険者!?　すげえ、どんな冒険をしてきたんだ!?」

俺達の職業に興味を持ったのか、二人とも目を輝かして喰いついてきた。そうだよな。男の子は英雄譚とかに出てくるような冒険者に憧れるよな。

前世でも、子供の頃は、みんながゲームの勇者や漫画の主人公に憧れるのを見てきたものだ。まあ、俺は踏み台になるかませ犬やライバルキャラとかに憧れていたんだけど……。

「これはこれは……思ったよりも早くお二人は馴染《なじ》めそうですな」

二人の反応にクレイス神父がほっと一息つく。しかし、その和やかな雰囲気も足音と共にやってきた少女の存在によって霧散する。

「クレイス神父、掃除が終わりました」

「ああ、ありがとう。お疲れ様」

もちろん、アステシアである。彼女に気づいた俺以外の全員が顔を歪める。その様子に彼女はというと……相も変わらず無表情である。

「ちっ、嫌な顔を見ちゃった」

「こら、キース……彼女も大事な教会の一員だろう。神様は信じるものみんなに優しく言っているといつも教えているじゃないか!!」

「確かにゼウス様はそう言っているかもだけどさ……最近はこいつに少し優しくしているみたいだけど、神父様だって、前はよく文句を言ってたじゃないか!!」

キースは不満そうにわめくと中庭の方に走って行ってしまった。カタリナも先ほどとは違いキースの失礼な態度を注意することなくそのあとに続く。その様子を眺めながら、アステシアは無表情のままどうでもよさそうに俺達に視線を送って最低限の挨拶をする。

「別に私は気にしていないわ。アステシアよ。よろしく」

その様子はまるで世界そのものに興味がないように感じられる。だけど……ゲームをクリアした俺は彼女の本心を知っている。子供達の時とは違い、ロザリアが動かないので俺が先に挨拶を返す。

「初めまして、俺は冒険者のロイスだ。よろしく」

「……初めまして、私はロザリアです。よろしくお願いします」

俺に続いてロザリアは表情が固いながらも笑顔を浮かべる。

「しばらくここで世話になることになったんだ。何か困ったことがあったら気軽に言ってくれ」

そして、俺はなるべく彼女を嫌っていないということをアピールするためにウインクをする。

「あなた……まさか……いや、そんなはずはないわね。それではお祈りをしてきます」

俺の様子に信じられないとばかりに目を見開いて……ぶつぶつと呟くと彼女はすぐに踵《きびす》を返《かえ》していってしまった。だけど、一瞬だけど彼女の無表情が崩れたのを俺は確認した。

これで、俺が彼女の味方だとわかってくれればいいんだが……。

「すいません、彼女は……ちょっと変わっておりまして……不愛想ですが、仕事はきちんとやってくれますので」

「いえいえ、お気になさらないでください。私も失礼な態度を取ってしまいましたし……」

クレイス神父の申し訳なさそうな言葉に、ロザリアが答える。それを見ながら俺は、みんながアステシアに対してあんな態度を取ってしまうのも、彼女の方もみんなに対して不愛想になってしまうのも全て呪いが原因なんだと言いたくなるのを必死に抑える。

呪いを無効化しないと、原因がわかってもどうにもならないんだよな……。

アステシアの才能に恐れを抱いたハデス教がかけた呪い、それは『ハデス教信者以外のすべてに嫌われる』というものなのだ。俺には推しへの愛と、神獣であるホワイトと契約しているおかげで、呪いに抵抗があるのか効果は薄いようだけどな……。

だからロザリアですら、挨拶をするのをためらってしまうし、キースのような子供は嫌悪感を隠せないのである。そして、このまま人々に嫌われた彼女は、絶望して、自分を人間扱いしてくれたハデス教の一員になってしまうのだ。

心配するなよ。アステシア……俺がお前を救うよ。俺は推しを救うために転生したのだから。

俺は彼女が去っていった扉を見つめながら意気込むのだった。

結局その後俺達がアステシアと顔を合わせることはなかった。どうやら彼女は食事もみんなとは別々に食べているらしい。

夜になり、皆が寝静まると俺とロザリアは教会の周囲を探索していた。冒険者という設定だからか神父に深夜の見回りをお願いされたのだ。ロザリアは寝ていても良いのだが、「二人の方が安全です」とのことでついてきてくれた。

「先ほどは申し訳ありません、ヴァイス様……初対面の方にあのような態度を取ってしまうとは……」

「いや、気にするな。彼女にはハデス教徒以外に嫌われるという呪いがかけられているんだ。だから、ロザリアが彼女を嫌っても仕方ないんだよ。俺はホワイトの加護があるから大丈夫なんだろうけどな」

「ハデス教徒……ヴァイス様を傷つけ、アイギス様を苦しめた奴らですね。本当に許せません……ですが、なぜ、ヴァイス様はあの方の呪いの種類まで知っているのですか？」

「それは……ホワイトの加護だよ。あはは」

「そうなのですね、さすがはヴァイス様です!!」

まさか、ゲームの知識ですとは言えずに適当な嘘をつくと、ロザリアは本当に感心したように褒めてくれた。

罪悪感がやべえええええええ!!　そして、彼女はホワイトのことを思い出したように寂しそうため息をつく。

「本当はホワイトちゃんも連れてきてあげたかったんですが……」

「あいつは可愛すぎるし、神獣だからな……必要以上に目立つだろうから、ナイアルに預かってもらうしかなかったんだ……元気にしているといいんだが……」

ホワイトのきゅーきゅーという鳴き声を思い出して、俺も少し寂しさを感じる。今回の件が終わったらたくさん可愛がってやろう。そんなことを思っている時だった。

「きゃっ」

ロザリアがいきなり足をもつれさせ、こちらに抱き着いくようにもたれかかってきて……耳元で囁く。

「ちょ……ロザリア……？」

「顔を動かさないようにして、あの建物の上を見てください。何者かが潜んでいます」

「なんだと……」

俺は彼女の言葉通りにさりげなく、屋根の上を見る。だめだ、全然わからん。気配も感じない。さすがは元冒険者のロザリアといったところだろう。

魔法は多少うまく使えても、ここらへんが実戦経験の違いなのだろうか……。

「かなりのやり手のようだな……俺は魔法で身を隠すから、ロザリアは相手をこっちに誘導してくれるか？」

「そんな……ヴァイス様が危険です!!」

「俺のことはどんな時でもお前が守ってくれるんだろう？　なら、大丈夫だ。それに俺だって強くなったんだぜ」

「もう……そんな言い方ずるいですよ。ただし……危険だと思ったら絶対に逃げてくださいね」

そしてロザリアと二手に分かれて、俺は魔法を使い影にその身をひそめる。体は動かせないが、幸い視界ははっきりとしているのでタイミングを見逃がすことはなさそうだ。

しばらくすると、先ほどロザリアが言っていた場所に氷の槍が降り注ぎ……、銀色の何かが光ったと思うと、氷の槍を弾く。

「ははは、まさか。私の気配に気づくとはなぁぁ!!　なかなかやるではないか。こんな所で強敵に会えるとは、これこそ神の加護というべきか!!」

「あなたは何者ですか?　なぜ、この教会を探っていたのですか!?」

再び放たれたロザリアの魔法をぼろきれのようなフードを身に纏った何者かは左右の手に持った短剣で弾く。

こいつかなりの強敵だ……緊張が走る。

「すまんな。このダークネス、故あって、正体を明かすことはできんのだ。美しきレディよ」

「なるほど、あなたはダークネスというのですね!!」

「なっ、なぜ、我が名を!?　貴公、まさか鑑定スキル持ちか!!」

いや、緊張とけたわ。アホだわ、こいつ……だけど、ダークネスか……むっちゃTo　LOVEるしそうな名前である。それに、どこかで聞いたことがあるんだよな。ゲーム本編には出ていなかったはずだ。多分設定資料集で見ていたのかもしれない
しかし、言動こそアホっぽいがダークネスの実力は本物だ。あのロザリアと互角以上にやり

あうとは……。

「すまないが、ここでこれ以上目立つわけにはいかんのだ。一旦撤退させてもらうぞ。ふははは!!」

けたたましい笑い声と共に、ダークネスがロザリアの槍による突きを受け止め、その力を利用して屋根の上から飛び降りる。

かっこつけるためか、空中でクルクルと回ってやがる。

ナイスだ。ロザリア!!

俺が身をひそめている所に誘導されたダークネスが着地すると同時に、俺は隠蔽魔法を解いて、新しい呪文を唱える。

「この私が気配に気づかなかっただと!! だが、まだ若いようだな!! 死にたくなければ、そこを……」

「影の暴君よ、その腕をもってして、我が敵を捕えよ!!」

「バカな、上級魔法だと!?」

ダークネスの言葉を無視して詠唱すると、俺の影が巨大な獣となって、彼を捕らえるべくその爪を振るって襲いかかる。

彼はフードの中で驚愕の声をもらし……楽しそうに笑った。

「やるな……が、しかーし、魔法を使えるのは貴公だけではないのだ。我が右腕に風の獣、我が左腕に風の鳥。風よ、わが刃にまとわりつけ!!」

「こいつも上級魔法を使えるのかよ、しかも二種類同時にだと!?」

左右それぞれの剣に風を纏わせて、右手の風を纏った剣で影の獣の爪を受け止めながら、左の刃を地面に突き刺す。

そして、左手の剣から地面に放たれた風を利用して舞い上がり、けたたましい笑い声と共に上空へとロケットのように飛び上がる。

「ふはははは、さらばだ!!」

「逃がすかよ、獣よ!!」

「無駄だと……ああ、なんとぉぉぉぉ!?」

俺のダメ元の影の獣の尻尾による一撃がダークネスにかすり、わずかに軌道がずれ、情けない悲鳴を上げて、変な体勢でそのまま飛んでいった。

しかし、あいつがアステシアを狙うハデス教徒なのだろうか……ずいぶんとコミカルな奴だったが……。

「なんの騒ぎですかな」

「……眠い」

あれだけ騒いだ（主にダークネスが）せいか、クレイス神父とアステシアがやってきた。どうしようかと思っていると、いつの間にか俺の傍にいたロザリアが状況を説明する。

「ロイスさんと一緒に見回りをしていたら、謎の男に襲われたんです。彼は行方不明の少女に関してなにか知っているかもしれません。かなりの強敵でしたので、他の教会に応援を頼んだ方がいいかもしれません」

「本当に不審者がいたのね……そいつがマルタを……」

アステシアは相も変わらず無表情だが、その声には悔しさがにじみ出ていた。それよりも、俺はまるでわかっていたかのような表情で、「ついに現れたか……」とつぶやいているクレイス神父が気になった。


結局あのあとは護衛をかねて、俺とロザリアが子供達と一部屋で固まって寝ることになった。神父さんは不審者の件を他の教会に報告しに行った。アステシアは嫌われているからと、相変わらずみんなと距離を取って自分の私室で寝ている。

ひどい話だとは思うのだが、それだけ呪いが強力なのだ。仕方ない。

「ロザリア……ちょっとアステシアの様子を見てくるよ」

中々離してくれなかったキースが寝静まったのを確認して、俺がロザリアに声をかけると、彼女は子供達を見て……カタリナがぎゅっと服をつかんでいる手を撫でながら申し訳なさそうに言った。

「私もお手伝いを……と言いたいのですが、そうはいきませんね。私ではアステシアさんに失礼なことを言って傷つけてしまいそうですし……」

「ああ、気にするな。適材適所ってやつだ。今回はアンジェラから助けてくれって頼まれているることを説明するだけだしな」

「よろしくお願いします。ですが……思ったよりも強力な呪いのようですが、治す方法はあるのでしょうか？」

「ああ……確実とは言えないがいくつか思い当たる方法がある。とりあえず彼女をハミルトン領に連れていったら色々と試してみよう」

「さすがです、ヴァイス様は博識ですね」

信頼に満ちた笑みを浮かべるロザリアに思わず苦笑する。よくもまあ、疑わないものだ。なぜ俺がそんなことを知っているかとか気になっているだろうに……。

だけどロザリアはたずねてこない。俺達には全てを言葉にしなくても信用しあえるくらいの関係があるのだ。だったらそれを裏切るわけにはいかないよな。

俺は絶対成功させると改めて誓う。

アステシアの呪いを解くには大まかに二つの可能性が考えられる。一つは神獣の加護である。強力な神獣と契約し、その力で呪いを浄化させるのだ。これはかなり成功確率が高いと思う。なぜならゲームでも、殺した相手に寄生するという加護を持つハデス十二使徒に体を乗っ取られそうになった仲間が、神獣と契約したことによってその加護に打ち勝ったのだ。

神獣と契約している俺が、彼女の呪いに対しても抵抗できているから有効の可能性は高い。

「とはいえ……ホワイトは俺と契約しているし、神獣とはそう簡単に契約できるもんでもないからなぁ……ゲームでも主人公達が契約できたのは、偶然が重なった感じなんだよな……まあ、主人公補正なんだろうけど……」

残念ながら、俺は序盤に死ぬ悪役貴族だからな。主人公補正は期待できないだろう。そして、もう一つの方法は……神霊の泉の水を使うことである。

「これに関してはイベントっていうよりも、ただの回復アイテムなんだよなぁ……」

ゲームで一個だけ所持できるアイテムで『神霊の水』というものがある。使ったら再び泉に行けば手に入れられるのだが、何回も入手しようとすると「神霊の泉の水は貴重だ。独り占めにするのは良くない」というテキスト画面が現れるのである。

うるせえ、たくさん持たせろよって思ったのは俺だけじゃないだろう。

効果はいかなる状態異常も回復するというものである。その状態異常には毒や麻痺《まひ》の他に呪いも含まれるのだ。アステシアの呪いにも効果はあるはずだ。ゲームのように飲ませるだけでなく、全身から浴びればもっと効果は上がるかもしれない。

俺はそんなことを思いながら、アステシアの部屋の前にたどり着く。元は倉庫かなにかだったのか、じめじめとしているうえに他の場所と比べて古くぼろい。今にも壁に穴が開《あ》きそうだ。

これだけで、彼女の扱いがわかるというものだ。

「すまない、ちょっと話をしたいことがあるんだがいいか？」

「……別にかまわないわ。なんの用かしら？」

ノックをするとしばらく間を置いて返事が返ってくる。その声色には警戒心が籠もっている。それも仕方ないだろう。これまでさんざん理不尽な迫害を受けてきたのだから……。

絶対、助けるからな、アステシア。

扉を開けると、そこはベットに机、そして、本棚があるだけの質素な部屋だった。建物自体は古いが、中は綺麗に整頓されている。そして、本棚には様々な宗教に関する本ばかりがずらりと並んでおり真面目な性格が……と思っていると『もふもふ図鑑』という本が目に入った。意外と可愛いものが好きなのだろうか？

正直な話、推しの部屋だぁぁぁぁぁぁぁと叫んで転げまわり、匂いを嗅ぎたいが、今はそんな場合ではない。くっそ、本当に残念だぜ。

「人のプライバシーをあまり見ないでほしいわね……そんな所に立っていないで座ったらどう？　子供達は大人しく寝たかしら？」

「ああ、今はロザリアと一緒に寝ているよ」

「そう……よかった……」

俺の言葉に彼女は安堵の吐息を漏らす。ゲーム本編では、彼女は一生懸命救おうとしていた人間に裏切られたショックで闇堕《お》ちをするのだ。そして……ハデス教徒になった彼女はハデス教徒以外には徹底的には厳しい行動をとるようになるのである。

今の彼女ならば……子供を思いやる気持ちの残っている彼女ならば、まだ救えるはずだ。

「それで用なんだが、アンジェラという女性を知っているか？」

「……ええ、知っているわ。懐かしい名前ね。どうぞ」

そう言うと彼女は、無表情のまま俺の前に果実水の入ったコップを置いた。しかし、推しを見てきた俺にはわかる。一瞬目が輝いたのを見逃さなかった。アステシアにとって本当にアンジェラは大切な人なのだろう。

俺は彼女からもらった果実水を一口飲んで、話を続ける。

「俺は彼女からの依頼で、君を助けに来たんだ。みんなから嫌われるのは辛いだろう？　俺はおそらくだが君を助ける方法を知っている」

「私を救う方法を……そういえばあなたは、私を嫌悪しないのね。なぜかしら？」

無表情だった彼女の目が大きく見開かれる。そして、一瞬ふっと笑った気がする。その笑みを見て……俺は嫌な予感に襲われた。

この笑みはゲームでも見たことがある。主人公達と相対する時と……敵を皆殺しにする時に浮かべる冷酷な笑みだ。

「それは……」

俺が理由を説明しようとすると、急激に頭が重くなる。なんだこれ……困惑していると体が動かなくなっていく……。

「私が答えてあげるわ。それは……あなたが邪教の人間だからでしょう？」

「違う……俺は君を……」

「私にかけられた呪いの正体は知っているわよ。『邪教の人間以外に嫌悪される呪い』でしょう？　私が困っている時に救世主のように助けて、洗脳でもするつもりだったのかしら？　残念ね。これでも、かつては聖女と呼ばれていたの。呪いの種類くらいはわかったわ。あいにく解くことはできず弱めるだけだったけど……」

呻き声を上げる俺を見ながら彼女は少し悔しそうに言った。まずい……ハデス教徒だと勘違いされている。ちなみにアステシアが今言った方法は、実際にハデス教徒が彼女を仲間に入れた方法である。

説得力がありすぎるな、おい。

「マルタをさらったのもあなた達かしら？　ゆっくりと話を聞かせてもらうわ。拷問とかはしたことないけど、傷ならすぐ治せるから安心して」

アステシアはそう言うと、俺の腰から剣を抜く。うおおおおお、やられるぅぅぅぅ!!

アイギスといい、さすが悪役だぜ、みんな暴力的だぁぁぁぁぁ!!

アステシアは俺の腰から抜いた剣を喉元に突きつけながら、氷のように冷たい目で見つめてくる。必死に体を動かそうとするが、マジで言うことをきかない。これがゲームで言うマヒ状態ってやつだろう。

「口だけは動くように薬を調整したからしゃべれるはずよ。それで……あなた達はなんで私にこんな呪いをかけたの？　そして、私の呪いはどうやったら解けるのかしら」

「……違う……俺はハデス教徒じゃない……俺は君を……」

「そう、残念ね、拷問って得意じゃないんだけど……まあ、死ななければ治せるから安心しなさいな」

うおおおおお、やべえって!!　何も安心できないんだけど!?　ああ、でも、推しのクール系闇落ち聖女に刺されるのはちょっと興奮するな。でも、これは同じく推しのヴァイスの身体だ。なるべき傷つけたくないんだよな。

そんな、絶体絶命のピンチを救ったのは意外な存在だった。

「きゅー!!　きゅ？　きゅーーーー!!」

「ホワイト……？」

「え、まさか神獣様……？」

扉の隙間から愛《いと》しのホワイトがやってきて、ピンチの俺を見つけると、小さい体を広げて庇《かば》うように、アステシアの前に立ちはだかった。

なんて主人想いの子なんだ……だけど、お前を傷つけるわけにはいかないんだよ。アステシアはゲームでは神獣の加護持ちを集中的に狙うくらい神獣嫌いなのだ。ホワイトの命が危ない。

「ホワイト……逃げろ……そして、ロザリアを呼んできてくれ……」

「きゅうーー!!」

俺のお願いに反して、ホワイトはその場から離れない。どうするべきかと頭を悩ませると、アステシアは剣を置いて、まるで神にでも会ったかのように頭《こうべ》を垂れた。

そして、震える声で信じられないものを見るかのように言った。

「なんで神獣様が……まさか、あなた、神獣様の契約者だったの？　だから……私の呪いも効かなかったの……？」

え？　なにがおきてんの？　よくはわからないが助かったようだ。俺はなんとか声を振り絞る。

「ああ……そうだよ、できればこの毒をどうにかしてほしいんだが……」

「そうね、ごめんなさい!!　神の加護よ、そのものの身を清めたまえ!!」

慌てた様子のアステシアの声と共に、俺の身体が光に包まれて、先ほどまでのマヒが嘘のように動くようになった。これが治癒魔法ってやつか、すっげえな!!

「きゅーきゅー♪」

「おー、ありがとう。助かったぜ、ホワイト!!」

治癒魔法というファンタジー要素に感動していると、ホワイトが嬉しそうに俺の肩に乗って、頬を擦《す》り寄せてくる。ふわふわの毛並みがなんとも心地よい。

こいつのおかげで助かったな……神獣は、教会に身を置くものからしたら神の使いであり、とてもありがたいものなのだ。そして、闇落ちする前の彼女はゲームとは違い、神獣をちゃんと敬っているようだ。おかげで話を聞いてくれそうである。

「本当にごめんなさい……神獣様の契約者が邪教の信者なはずないものね……そうとも知らずにあなたを疑ってしまって……お詫びになんでもするわ」

先ほどまでの様子が嘘のように申し訳なさそうな態度をとるアステシア。ホワイトのおかげで誤解が解けたようである。てか、なんでもって、本当になんでもなんですかね!? エッチな同人誌みたいなこと言ってくれるじゃん。

「ふははは、そうだな。『ごめんなさい、私は愚かな女です、疑ってしまい申し訳ありませんでした、ヴァイス様』といって土下座でもしてもらおうか」

「ええ、わかったわ。私は……」

「いえ、すいません、冗談です!! だから頭を下げなくていいんだよ!! 状況的に俺も怪しかったから疑っても仕方ないさ。気にしないでくれ」

本当に頭を地面につけようとしたアステシアを慌てて止める。まあ、状況的には俺が怪しかったのは否定できないしな。彼女が自分にかけられていた呪いの正体を知っていたのならなおさらだろう。

「でも、自分の呪いがわかっていたのなら、なんでわざわざ人と一緒に暮らしていたんだ？　その……辛かっただろ」

「ええ、そうね……だけど、私はこれがゼウス様が私に与えた試練と考えたのよ。ゼウス様は常に私達を見守ってくださっているわ。この邪教の呪いという試練を乗り越えれば、本当の意味で、神の加護を得ることができるって……そう思ったのよ。現に子供達は変わらずだけど、神父様は少し優しくなってきたし……」

彼女はどこか誇らしげに言った。相当辛い目にあったはずなのに神が与えた試練っていうことで納得できるものなのか……？

あいにく、前世では無宗教の日本人だったこともあり、神というものに対する考え方が違いすぎる。まあ、加護で魔法が使えたりするくらいなのだ。彼女達にとっては身近な存在であり、辛い目にあってでも信じるに値するもののようだ。

だけど……神が彼女を救うことはないのだ。そして、それだけ、強い信仰心を持っている彼女がハデス教徒に鞍替《くらが》えするなんてどれだけ辛い出来事がおきるのだろうか？　なんとしても、そんなことから彼女を守りたいという気持ちが強くなる。

そのためにはまずは呪いを解かないとな……。

「アステシア……さっきのお詫びが欲しいというわけではないが、ちょっと手を握っていいか？」

「ええ……そのくらいなら構わないけど……」
そんなことでいいの？　と困惑気味の彼女の手を握り、ステータスを確認する。

アステシア
職業　プリースト
神への忠誠度98

武力　30
魔力　80
技術　80

スキル

神聖魔法　ＬＶ３
棒術　ＬＶ１
薬学　ＬＶ２

ユニークスキル

ゼウス神の加護
ゼウス神に祝福された存在に与えられるスキル。神聖魔法を使う時に効果および、成功率がアップ。他の神の関係者と戦う時にステータス上昇

ハデス神の加護
ハデス神によって強制的に与えられた加護。ハデスの力を使えるが今は必死に抑えている。

バッドステータス

ハデス神の呪い
ハデス教徒以外には嫌悪される呪いがかけられている。これに打ち勝てるのは神の祝福を得

た存在のみである。
備考
優れた容姿とあいまってクールな印象を受けるが、実はコミュ障なだけである。実は本人もちょっと気にしている。

さすがボスキャラだ。ステータスがくっそ高いな!!　これで発展途上だというから末恐ろしい。そして……呪いに関しては俺の推測は正解だったようだ。

神の祝福を受けたもの……それはすなわちゼウス神が関係しているのだろう。その証拠にホワイトと契約をしている俺は、彼女に一度も嫌悪感を抱いたことがない。俺の推しへの愛……だけじゃなかったところがちょっと残念だけど……。

だけど、彼女を……推しを救えるっていうのは本当に嬉しいことだ。

「どうしたの？　私の手を握って急に黙って……？　まさか、あなたも私を嫌悪するんじゃ……触れたから呪いが強力になったとでもいうの？」

押し黙った俺に、彼女の顔が一瞬歪むのを見て慌てて誤解を解く。一回味方だと思った人間が、敵に回ったとなると余計辛いよな……。

「ああ、ごめん。違うんだ。君の呪いを解く方法がわかったんだよ」

アステシアは信じられないとばかりに目を見開いた。そして……興奮したように俺の手を握りながら問う。

「え……本当なの？」

どこか必死な顔をした彼女をまっすぐ見返して頷く。

「ああ、本当だよ。俺なら……君を呪いから解放することができる」

「本当に私の呪いが解けるのね？　もう、初対面の人にごみを見るような目で見られないのね？　善意を悪意で返されたりしないのね？　かつて親しかった人間に、意味もわからず嫌われたりしないのね。もう……」

痛いくらいに俺の手を握りしめて彼女は嗚咽を漏らす。そして、先ほどまでの無表情が嘘のように、その瞳に涙を溢れさせていた。

一緒に過ごした時はわからなかったが……いや、俺達にわからないようにしていたのだろうが、みんなに……初対面の人間や仲が良かった人間にまで嫌われて辛かったのだろう、きつかったのだろう。

彼女はこれまでその理不尽な呪いと必死に戦って……必死に顔に出さないで耐えてきただけ

だったのだ。

「もう大丈夫だ。俺がお前を必ず呪いから解き放ってみせる」

「私……私……うわぁぁぁぁぁぁぁん!!」

思わず彼女に優しい声をかけると、アステシアは涙を流しながら俺に抱き着いて胸元で嗚咽を漏らし続ける。

「辛かったよな……」

「悲しかった……辛かった。みんな私の周りからいなくなっちゃって寂しかったよぉぉぉ!!」

俺の胸の中で、今までこらえていたものが溢れ出たかのように感情をあらわにしたアステシアを見て、俺は思う。

ここに来て、初めて会った時もそうだったが、ゲームの彼女もいつも表情を変えなかった。部下が死んだ時も、大事にしていた孤児が殺されてもだ。

だけど、何も感じていなかったわけじゃないんだよな。ただ耐えていたんだ。ずっと耐えていたんだ。自分への試練だと言い聞かせて……ゲームで読める日記には書いてあった。ゼウス教徒だった時は、泣いたりすれば目障りだと余計嫌悪されるから、彼女は気にしていないように取り繕っていたのだと。

そして、それはハデス教徒達の元でも変わらない。彼らハデス教徒は、ハデスのために死ぬのを誇りだと思っている。アステシアも、部下や、大切にしていた孤児が死んでも表情を変えることはなかった。だけど、彼女は完全にハデス教徒に染まっていなかったため、仲間や知人が死ねば悲しみ嘆いていたのだ。そして、もしも泣いたりすれば周りに心配されるため、彼女はそこでも無表情を通していたのだ。

ああ、本当に俺の推しは尊いな……だからこそ、俺は守りたいと思う。

そう思って彼女を強く抱き締めると、嗚咽を漏らしている彼女に抱きしめ返される。その力はとても強く……まるで救いの手を逃がさないという必死さを感じて辛くなる。

「ロイス、大変です!!　神父様が……」

珍しく、ノックもせずに入ってきたのはロザリアである。彼女の顔が慌てた表情からなんとも言えない表情へと変わる。

「その……ロイスの方も大変そうですね……おモテになるのはいいですが大事な話があるので良いでしょうか？」

え、なにこの視線……と思って俺は自分の状況を整理する。深夜に女の子の部屋に行き、抱きあっている……これって口説いているみたいじゃないかよぉぉぉぉぉ。

俺とアステシアは慌てて距離をとった。

「これは別に変な意味じゃないんだよ。な、アステシア」

「ええ……安心して。私はただ優しい言葉をかけてもらって抱きしめられていただけよ」

アステシアのコミュ障っぷりがここで発揮されたぁぁぁぁ。なんの説明にもなってねえよ。

むしろ誤解されそうじゃねーかよ。

「なるほど……さすがはロイスですね」

何がさすがなんでしょうね？　ロザリアがちょっとこわいよぉぉぉ。俺は内心冷や汗をかきながら話題を変える。

「それで、どうしたんだ？」

「ちょっとこちらに来てもらえますか？」

アステシアには聞かれたくないのか、一瞬彼女に視線を送って、俺を呼ぶ。どうやら、良くないことがおきたようだ。

「ホワイト、彼女を頼む」

「きゅーー!!」

「神獣様……可愛らしい……」

俺の肩からホワイトがアステシアの手の中へと乗り移ると、どこか恍惚《こうこつ》とした表情でつぶやく。この様子なら安心だな、動物セラピーってのもあるし……。

俺はアステシアのことはホワイトに任せて、ロザリアについて部屋から出る。

「大変です。クレイス神父が何者かに襲われました。命に別状はありませんが、今は怪我をして、教会で休んでいます。襲撃者は風魔法を使ってきたとのことなのでおそらくあの男の仕業かと……」

「マジかよ……」

俺は早すぎる襲撃に思わず冷や汗を垂らす。今まで様子を見ていただけだったが、俺達が刺激を与えたせいでやる気になってしまったのだろうか？

あのダークネスという男は言動こそふざけているが、実力は本物だ。ステータスは高いが実戦経験のないアステシアを連れて行くわけにはいかないだろう。

ロザリアと二人ではきついかもしれないが今の俺にはホワイトがいる。ハデス戦での力が使えればきっとあいつだって……。

俺が部屋に戻るとそこには衝撃の光景が広がっていた。

「アステシア、ちょっと俺達は……」

「ああー、モフモフしてててかわいいでちゅねーーー。すごい癒やされる……さすがは神獣様……癒やしっぷりも神様クラスね。ああ、動物に触れるのなんて何年振りかしら。うふふ、可愛すぎる」

「きゅーきゅー♪」

そこには先ほどまでの無表情が嘘のように、ニヤニヤした笑みを浮かべてホワイトをモフモフしているアステシアがいた。ホワイトもまんざらではないのか嬉しそうに撫でられている。

ああ、そっか……動物もハデス教徒ではないから、呪いの対象だったのか……。

てかさ、ゲームでもアステシアのこんな笑顔見たことねえよ!!

「あ、ご飯とか食べまちゅかー？　神獣様は一体どんな物を……」

「……」

俺が予想外の光景にフリーズしていると、ホワイトに餌でもあげようとしたのか、顔をあげたアステシアと目が合った。

笑みが一瞬で消えて、スッといつもの無表情に戻る。

「恩人とはいえレディの部屋に入る時はノックくらいしてほしいわね」

「ああ……悪かった。俺達はちょっと見回りをしてくるから、部屋で待っていてくれ。ホワイト、こっちに来い」

「きゅーーー!!」

「わかったわ。気を付けてね」

ホワイトが俺の肩に飛び乗ると、一瞬寂しそうな顔をするアステシア。てか、無茶苦茶動物好きなんだな……そのことを知れただけでも異世界転生して良かったと思う。推しの解像度が上がったぜ。

「その……動物を可愛がってる時のアステシアは自然な感じで良かったと思うぞ」

「なっ!?　あ……ううーー!!」

俺の言葉に顔を真っ赤にして悶えるアステシアに別れを告げて、俺は部屋の外で待っていたロザリアと合流する。

会話が聞こえていたのだろう、彼女も微笑ましい笑みを浮かべていた。

「クレイス神父は応援を呼びに行こうとして襲われたんだよな？　じゃあ、敵はここを見張っているってわけだな」

「そうですね。とりあえず、周囲を探索しましょう。どこにあの男がいるかわかりませんからね」

「探す必要はないさ、私はここにいるぞ」

俺達が中庭に出て、外へと向かおうとした瞬間だった。正面の入り口に堂々と立っている人影があった。見間違えるはずもない、ぼろきれのような黒い布を被ったダークネスがそこにいた。

ロザリアが俺を庇うようにして、槍を構えると、ダークネスも双剣を抜きかけて……。

「悪いが貴公らの悪行は……」

俺の方を見て、ダークネスの表情が固まった。

「待て、その肩にいるのは神獣ではないか!!　貴公らは邪教の使徒ではないのか!!」

「は？　邪教はお前の方だろ!?　ここの孤児達をさらっているんじゃないのか？」

「ロイス、油断させるための罠かもしれません、警戒を解かないでください」

慌てているダークネスとは対照的に変わらない態度で武器を構えるロザリア。すると彼は敵意はないというように両手を挙げた。

降伏するってことか？

とはいえ、魔法が使えるのだ。油断はできない。

「待て待て、この紋章を見てくれ。私の名はダークネス。王都から来た人間だ。ここの教会が、孤児達を奴隷市場におろしているという情報を得て調査に来たのだ。貴公らが邪教の使徒でないのならば我々が戦う必要はないだろう？」

「王家の紋章だと……」

「ロイス、どうしましょうか？　あれを偽造している可能性もありますが……」

王家の紋章を胸元から差し出すダークネスだが、冒険者時代に苦い経験でもあるのか警戒を解かないロザリアが俺に判断をゆだねてくる。

こういう時こそ、俺の力が役に立つんだよな。

「大丈夫だ。俺に任せてくれ。ダークネス、ちょっとその紋章を見せてくれないか？」

「ああ、構わんぞ。そうか、貴公が鑑定スキルの持ち主だったんだな。だから私の名前がわかったのだろう。やるではないか!!」

感心したように頷くダークネスに、今回も自分から名乗ったんだろうがと心の中でつっこみをいれつつ、紋章を見るふりをして、軽く彼の手に触れる。

するとステータスがでてくる。

ダークネス＝アキレス

職業　ゼウス教十二使徒第六位

己への忠誠度　100

武力　90

魔力　85

技術　90

スキル

風魔法　ＬＶ４

火魔法　ＬＶ４

剣術　ＬＶ４
隠ぺい術　ＬＶ３

ユニークスキル
十二使徒の加護
ゼウス神に認められた十二人の強者にのみ与えられるスキル。ゼウスの加護によってステータス上昇大。

異教徒特攻
異教徒によるバッドステータスが通じない。異教徒に対して武力が10プラスされる。

バッドステータス
厨二病《ちゅうにびょう》
言動によって相手に無駄な不信感を与える。

二刀流
適性はないのにカッコいいからという理由で使っているため、剣を一本使う時よりも弱い。
備考
ゼウス教の十二使徒の第六位のためかなり優秀で偉いのだが、謎の男というのがカッコいいからという理由で普段は正体を明かさない。

はぁぁぁぁぁぁ!? ゼウス教の十二使徒の一人なのかよ!! そういえば、アステシアが闇落ちした時の事件で、十二使徒の一人が死んだっていうのが設定資料集に書いてあったな……まさか、この人がそうなんだろうか?

予想外の結果だったが、敵ではないということはわかった。

「ロザリア……この人は本当にハデス教徒じゃない。味方だ。この人の正体は……」

「少年、ヒーローの正体を明かすのはマナー違反だぞ」

俺が十二使徒であることを説明しようとすると無駄にどや顔のダークネスに止められた。そんなんだからロザリアがあやし……んでないな。

彼女は俺の言葉と共に武器を構えるのをやめた。

「わかりました。ロイスが味方というのならそうなんでしょうね」

「ほう、この子は君のことを本当に信頼しているのだな。それとも私の強者としてのオーラのせいかな？　いつもは怪しまれるんだが初めて納得してもらったよ。はっはっはー」

いや、いつも怪しまれているのはお前のその胡散臭い言動のせいだよ……と内心つっこみながら、俺は質問をする。

「敵でないなら、なんでクレイス神父を襲ったんだ？」

「うん？　私は貴公ら以外とは戦闘していないぞ。私はあくまで調査をしにきたのだからな。極力戦闘は避けるさ」

そして、彼は俺達を見て気障ったらしくウインクをする。

「まあ、君達は厄介そうだから、今後の活動に支障がでると思いさっさと退場してもらおうと思ったのだよ」

「「は？」」

ダークネスの言葉に俺とロザリアは思わず間の抜けた声を上げてしまった。だって、クレイス神父は何者かに襲われたって話じゃ……なんだかムチャクチャ嫌な予感がしてきた。

困惑している俺達をよそに、ダークネスは質問をしてくる。

「それよりも、貴公らの周りに様子の変わった人間はいないかな？　邪教徒には姿を自由に変えられる人物もいるのだよ。そいつが何者かに化けている可能性がある」

その言葉葉と共にアステシアとの会話が俺の脳裏に浮かぶ。

『現に子供達は変わらずだけど、神父様は少し優しくなってきたし……』

「ロザリア、クレイス神父だ!!　敵は彼に化けている可能性がある。神父は今何をしている!?」

「それは……私の代わりに子供達の様子を見てもらっています」

「私の存在に気づいて、最後に子供達をさらって逃げるつもりかもしれないな、急ごうではないか!!」

俺達は急いで駆け出す。そして、ピンチなのは子供達だけではない。アステシアもである。

俺に対してあんなにも弱音を吐くくらい追い詰められているアステシア……彼女が闇落ちしたとされている状況に今は一致しすぎている。ここで何かがおこったのではないだろうか。

せっかく笑顔を取り戻した彼女が苦しむのは絶対に見たくなかった。

◆

私がゼウス神の加護に目覚めたのは十歳の時だった。ある日夢の中でお告げを聞いたのだ。ゼウス神いわく、これからこの帝国に邪教が蔓延《はびこ》るので、それを阻止してほしいと……そのための力を与えると私に言った。そして、それを証明するかのように夢から醒《さ》めた私は神聖魔法が使えるようになっていた。

そのことを村の教会の神父さんに伝え力を見せると、神のお導きだと驚いて王都に連絡をしてくれた。そして、私は王都に行くことになったのだった。

両親は流行《はや》り病で他界しており、村に面倒を見てもらっていた私にはちょうどよかった。

そうして、私は特殊な能力を持っている女性のみが入れる学校へと入学した。私はあまり興味はなかったけど、成績最優秀者はなんと十二使徒の側近としてスカウトされることもあるらしい。

そこでは色々なことがあった。初めての同世代の友人ができた。その中でも特別に仲が良かったのはいつも世話を焼いてくれる同室のアンジェラ姉さんだった。あまり人と話すのが得意ではない私をサポートしてくれる、ちょっとぶっきらぼうだけど、とても優しい人だった。

孤児の私にとって彼女は本当の姉のようで……家族ってこんな感じなのかな……などとも

思ったりしたものだ。

だけど、そんな幸せは長くは続かなかった。ある日、街で老人に道を聞かれ、私が教えようとした時だった。その老人がいきなり手を振りかざしたと思ったら、私は気を失ってしまったのだ。

それからだった。人々は私を見るだけで嫌悪するようになってしまったのだ。ゼウス神がくれた私の能力は中途半端にしか役に立たず、呪いの正体を知ることはできたけど、それを防ぐほどの力はなかったのである。

親しかった人にいきなり避けられるのが悲しかった。見知らぬ人にいきなり怒鳴られるのが辛かった。お店で料理を頼んでも、舌打ちをされて、虫が入ったスープを出されることだってあった。

アンジェラ姉さんが先に学校を卒業していることだけが救いだった。彼女にまで嫌われたらもう耐えることはできなかっただろう。私は心配してくれる彼女に事情を伝えることはせず、会うことも避け続けた。その結果、手紙のやりとりはするけれど、会わないという歪《いびつ》な関係になってしまった。すごく寂しかったけれど……会って嫌悪の視線を向けられるよりはずっとましだった。

私は呪いのせいで学校にもいられなくなり、色々な教会を転々とした。そこでもひどい目にあった。泣き言を言ったらうるさいと怒鳴られた。辛そうな顔をしたら余計嫌われてしまい、当たりが強くなった。だから何があっても感情を表に出さないようにした。元々あまり、感情を出すことが得意ではなかった私にとってそれは難しいことではなかった。

死にたくなるたびにゼウス神の声を思い出して、頑張って生きた。きっとこれは試練だ。邪教による呪いという試練を乗り越えた時に、きっと救いがあるのだと自分に言い聞かせてきた。そうでも思わないと気が狂いそうだった。

ああ、でも、大好きな動物にまで嫌われるのは辛かったな……。

◆

私は昔の……辛い時のことを思い出していた。だけど、そんな日々もようやく終わるようだ。私は神獣様を連れたヴァイスのことを思い出して、胸が暖かくなるのを感じた。彼がきっと私の救世主なのだ。

彼を疑ってひどいことをしてしまったが、苦笑しながらも許してくれた。さすがは神獣様の契約者である。器が大きい。それに神獣様もとても可愛らしかった。長かった試練もこれで終わるのだとゼウス神に感謝の祈りをする。

コンコン

久々の嬉しい出来事に胸が温かくなっているとノックの音が響いた。ここを訪れる人間はヴァイス以外いなかったというのに誰だろう？

私が恐る恐る扉を開くとそこには半泣きのキースが立っていた。一体どうしたというのだろうか？　そして彼は支離滅裂なことを言う。

「アステシア……助けて、神父様が怪我をしてて……カタリナもどっかに行っちゃったんだよ」

今までの失礼な態度を謝ってほしいなんて思わなかった。そんなことは正直どうでも良かった。神獣をつれたヴァイスに触れたからか、呪いが弱まったのだろうか？　キースの目には私への嫌悪の感情があったけど、初めて私に助けを求めてくれたことが嬉しかったのだ。だって、こんな風に誰かに助けを求められるなんて久しぶりだったから……だから、本当に嬉しかったのだ。

「それで……相手が姿を自由に変えられるっていうのは本当なのか？」

「ああ、我らの調査の結果だ。奴らしき存在をここらへんで目撃したと報告があったんだ。その上、顔がぐちゃぐちゃに刻まれた変死体が見つかった。そして、その変死体の体型がここの神父と一致しているのだよ」

「ですが、そんな強力な能力を持つ相手が本当にいるのでしょうか？」

ロザリアは昔に国と何かあったのか、ダークネスを信用していないようだ。だけど、俺はその能力をもっている人物を知っていた。

「ハデス教徒……十二使徒第七位夢幻《むげん》のエミレーリオか!!」

「さすがはロイス、博識です」

「ほう……その名を知っているとはな。貴公はやはりただものではないな。だが一つ訂正しよう、彼は第九位だよ」

ゲームとは違ってまだそこまで出世はしていなかったようだ。そして、ロザリアよ、邪教の使徒を知っているのは、もはや、博識というレベルではないと思うんだが……。

第六使徒のダークネスがいるのなら勝てるのではと思う人もいるかもしれないが、そう単純なものではない。使徒の数字は貢献度であり、戦闘力ではないし、何よりもエミレーリオの能力はすごく厄介なのだ。最悪俺達の全滅だってある。

「それで……君達は何者なのだ？　少年は一見冒険者のような恰好《かっこう》をしているが、それにしては所作の端々に貴族教育を受けたあとがあるし、そちらのプリースト風の少女は治癒魔法を使う様子はなく、ずいぶんと実戦的な戦い方をする。しかも、従者のはずの少年を常に立てようとしているではないか？　君達もここの孤児院が怪しいと踏んだ同業者かな？」

ダークネスの言葉に俺とロザリアは顔を見合わせる。こいつは敵ではないが正体を明かしてもいいものか……ゲームが始まる前に死んだこいつがどんな人間かはいまだにわからない。

だけど……なぜか俺はこいつを信じていいかなって思った。言動こそ怪しいが、この男はまだ誰も傷つけていないのだ。最初に俺達と戦った時もまともにやりあっていたら、お互いこんな風にしゃべってはいられなかっただろう。

俺の表情で考えていることがわかったのだろう、彼女が微笑む。

「ロザリア……」

「はい、私はロイスの判断に従いますよ」

「俺は隣の領土の領主ヴァイス＝ハミルトンだ。そして、彼女は俺のメイド兼護衛のロザリアだよ。ここには一人の少女の保護をしにきたんだ」

「ふぅん、ハミルトンか……まさかこんな所でその名を聞くとはな……」

ダークネスはそうつぶやくとにやりと笑った。

「状況は理解した!! その年で上級魔法を使いこなす実力、少数で一人の少女を救いにくる胆力、そして、優秀な部下に恵まれている貴公に十二使徒として正式に助力を依頼する。私は借りを必ず返す人間だ。私の味方をして損はさせないぞ!!」

彼は俺がまるで頼もしい仲間であるかのように見つめてきた。おいおい、マジかよ、十二使徒に認められるなんて……俺は胸が熱くなるのを感じた。

そして、心の中で語りかける。ほらさ、やっぱりお前はすごい奴だったんだよ、ヴァイス……だから、これからもいっしょに頑張ろうな。

「もちろんだ。それと……教会には俺とロザリアが先に入るからダークネスさん……」

「ダークネスでいいぞ、協力者よ!! むろん敬語も不要だと言わせてもらおうか!!」

俺の言葉を遮って彼はニヤリと笑う。十二使徒相手にため口でいいのか……まあ、本人がいいって言ってるんだからいいんだろう。アイギスの時もやらかしたら拗ねちゃったしな。

「ダークネスは身をひそめて俺達のピンチを助けてくれ。それがおそらくエミレーリオに対しては有効だ。多分、俺よりあんたの方が強い人間を知っているだろう」

「ふむ……なるほど、理解した」

その言葉と共にダークネスの気配が一気に薄れる。隣にいたというのに一瞬で見失ってしまう。なにこれすごい。

「ヴァイス様、大丈夫です。ダークネス様は近くにいらっしゃいますよ」

「ふはははは、私のあまりの優秀過ぎるスキルで驚かせてしまったようだな!!」

顔が見えないのにどや顔が浮かんでくる。これさえなければなぁと思いつつ俺が教会の扉を開くとそこには驚く光景が広がっていた。

まるで邪教の儀式のように縄で十字架に縛られているカタリナと、それを呆然《ぼうぜん》とした表情で見ているアステシア……その後ろになぜか暗い目をしたキースがいた。

いや、それだけじゃない……キースは胸元からナイフを取り出して、アステシアに斬りかかろうとしていたのだ。

「くたばれ魔女め!! お前さえいなければ、マルタもカタリナも死なないで済んだんだ!!」

「え？」

大きく目を見開いて、キースに襲われそうになるアステシア。状況はわからない。だけど、そんなことをさせるかよ。

「影の腕よ、我に従え!!」

背後から憎悪に満ちた目で懐のナイフを取り出して斬りかかるキースの腕を、俺が放った影の手が絡み取るようにつかんで動きを止めさせる。

あっぶねーーーー!! もうちょいで大惨事になるところだった。

「ロイスゥゥゥゥ!! なんでだよぉぉぉぉ、神父様が言ったんだ。二人がいなくなったのはこいつのせいだって!! こいつがすべて悪いんだって!! だから僕が……」

「そんな……私は……」

影に拘束されたキースの絶叫にアステシアの表情が悲しみに歪む。あのクソ神父……いや、エミレーリオめ!! キースは子供だ。理屈の通った考えを彼はまだ持っていない。おそらく、呪いのせいで嫌悪感を抱いているアステシアが犯人だと言われて、そのまま信じてしまったんだろう。

「あ……あ……」

「大丈夫だ、アステシア……君は悪くない。そして、もう二度と俺がこんな気持ちにさせないと誓おう」

影の拳でキースの首を叩き気絶させた俺は、急いで絶望に満ちたアステシアを抱きしめて変なことを考えないように言い聞かせる。

前世だったら緊張してこんなことはできなかったが、今は推しのイケメンであるヴァイスだからな。恥じらいなんて感じないぜ!! それに……彼女にはこれ以上悲しんでほしくなかったのだ。

「ありがとう……やっぱりあなたが私の救世主なのね……」

「救世主か……そんなたいしたもんじゃないさ。単なるファンだよ」

「ファン……？ よくわからないけど、私の味方ってことよね。嬉しい……」

俺の胸元で涙を溜めながら抱き返してくるアステシアを安心させるように微笑むと、苦しそうな声が聞こえてきた。

「……助けて……」

「大丈夫ですか？ 今、助けますよ」

「ロザリア、ダメだ!! そいつは敵だ!!」

縛られていたカタリナの元へと向かうロザリアを慌てて制止する。おそらく、アステシアが絶望するさまをエミレーリオはどこかに潜んで見ているはずだ。

そして、エミレーリオ自体はそこまで強力ではない。ロザリアやダークネスが感知できないほどの隠ぺいスキルを持っていないはずだ。ならば誰かに化けているはずで……消去法でカタリナが怪しくなる。

そして、彼女は俺の言葉を聞いて即座に行動に移した。

「氷よ、束縛せよ!!」

詠唱と共に、カタリナが縛られている十字架が下から上へ凍り付いていき、彼女もそのまま拘束される……ことはなかった。魔法が発動すると同時に、カタリナの目がカッと開かれてると、縄を解いて、そのまま飛び上がったのだ。

そして、空中でその姿が少女のものから大人の男性へと徐々に変わっていく。

「んーー!! 残念だなぁぁぁ……もう少しでかつて聖女と呼ばれた女が絶望する顔を見られたというのに……美しい女がよぉぉぉ、泣き叫ぶのを聞くのが俺は大好きだっていうのになぁぁぁぁ!!」

「なによ、あれ……」

アステシアが悲鳴にも近い声を上げるのも無理はない。地上に降り立つ頃にはその姿は、少女から一人の青年へと変化していた。平均的な身長で特徴のない顔である。今、会ったというのに、すぐに忘れてしまいそうな、不気味なほどの特徴のない男だ。

「それで、貴様らは一体何者だぁぁぁ? この俺様の加護を知っていたなぁ!!」

そいつは俺達を見回して大声を張り上げる。

「まあいいぜぇぇぇ……どうせ、王都の連中だろう。予想よりも動きが早かったが……お前らはここで死ぬんだ。せいぜい、良い悲鳴を上げてくれよぉぉぉ!!」

俺達を見つめるエミレーリオはなんとも歪んだ笑みを浮かる。特徴のない顔に浮かぶその笑みはなんとも禍々しく、生理的に悪寒を感じさせる。

「お前……さらわれた女の子や、この教会でおきることを全てアステシアに押し付けるつもりだったんだろう。そのためにキースに変なことを吹き込んだんだな？　何でそんなことをする!?」

「ククク、どうしてだろうなぁ？　知りたかったら俺の靴でも舐めろよ。そうしたら教えてやるぜぇぇぇ。俺はよぉぉぉ、お前みたいなイケメンが大っ嫌いなんだよぉぉぉ」

俺の言葉にエミレーリオは嗜虐的な笑みを浮かべて、すっとぼけた。俺達や彼を怪しんでいるダークネスが死んだ状態で、神父に化けたこいつがアステシアを告発すればどうなるかは想像に難くない。

ましてや、アステシアは救おうとしたキースに襲われ、混乱した上に精神的に弱っていただろう。そんな彼女に反論する力が残っていただろうか……そして、それがゲームでおきたことなのだと思う。

「ヴァイス様……」

「わかっている!!　アステシア、キースはしばらく目を覚まさない。彼を連れて逃げろ」

「わかったわ。絶対死なないでね」

抵抗されるかと思いきやアステシアはそのまま、まっすぐで出口へと向かって走り出す。それと同時に金属のぶつかり合う音が響き渡る。

ロザリアが槍を振るって、エミレーリオの投げナイフをはじいたのだ。

「へえ、思ったよりやるなぁ。俺様は不意打ちが得意なんだがなぁぁぁ!!」

「ヴァイス様は本当に人たらしですね。あんなに頑固そうな女の子の心の開かせるなんて」

「ロザリアこそ、さすが俺のメイドだ、頼りになるぜ」

エミレーリオの言葉を無視して彼女は俺に微笑みかける。ロザリアつえええええ!! だが、こんな状況だというのに、エミレーリオはどうでもいいことで睨みつけてきやがった。

「はぁぁぁぁ、うっぜぇぇぇなぁぁぁ!! これだからイケメンと美女は嫌いなんだよぉぉぉ。どうせ、お前らはよぉぉぉ、昨晩も二人でイチャイチャしてたんだろぉぉぉぉ!! 教会でのプレイは背徳的だったかぁ？ プリーストさんよぉぉぉ!!」

エミレーリオは煽るように口を開く。確か彼は顔にコンプレックスがあるんだっけな。下品なことを言われたが、ヴァイスがイケメンだと言われてちょっと嬉しい自分がいた……ってそれどころじゃないな。ちなみにロザリアは……無表情である。

あ、これ絶対怒ってるじゃん。

「私とヴァイス様の関係を変な言い方で汚《けが》さないでください。ヴァイス様、こいつは……殺していいですよね？」

「いや、ちょっと待ってくれ。一つ聞いていいか？ 神父の顔を剝いだのはお前だよな？ なんでそんなことをしたんだ？　変身に必要だとか？」

「はぁぁぁぁ!?　ハデス様の加護がそんなしょぼいわけないだろぉぉぉ。ただの趣味だよ!!」

俺の言葉にエミレーリオは吐き捨てるように答える。

「あの神父はなぁ、脅迫されたとはいえ俺達の仲間になったたっていうのに、もう子供を売りたくないって言いだしてなぁぁぁ。生意気だろぉぉぉ？　それに、みんなによぉぉぉ、優しい顔って言われてよぉぉぉ、慕われていたからなぁ。ムカついたから剥いでやったんだ。みっともなかったぜぇぇぇ。最後は泣きながら『神よ……』って絶望してやがってよぉぉぉ。ハデス様を信仰していればこんな風にはならなかったのになぁぁぁ!!」

エミレーリオはまるで、手柄を自慢するかのように得意げに言った。ああ、よかった……こいつはただの悪だ……俺の好きな悪ではないのだ。ただの屑《くず》だ。

「そうかよかった……俺はお前を推せそうになくてさ……」

「推せ……？　なんだぁぁぁ？　まあいい、お前らの絶望に満ちた顔を見ながら剥いでやるからなぁぁ。本気で相手をしてやるよ!!　そうだな……男の顔を剥いだら、そこの女はいい顔を見せてくれそうだなぁぁぁぁ」

「そんなことは絶対にさせませんよ!!　え……？」

「なるほど……そう来たか……」

ロザリアが驚愕の声を上げるもの無理はない。エミレーリオは俺の知っている限り一番強い人間であるラインハルトさんにその身を変えやがったのだ。

エミレーリオの加護は、目の前にいる人間の記憶の表層を探って、そこに記憶された人物に変化することができるというものだ。おそらく俺かロザリアの思う最強を探ってその身に化けたのだろう。

ゲームでは主人公に化けるので、主人公には一切装備をさせない全裸スタイルで攻略するのが鉄則だった。だって、あいつ主人公しか持てない聖剣とかも使ってくるんだぜ。厄介極まりないんだよな
「俺には化けないんだな」

「当たり前じゃないか、誰が君のような弱者に化けるんだい!?」

「弱者……？　ヴァイス様は弱くなんかありません!!　ブチ殺しますよ!!」

エミレーリオからは先ほどまでの下品な雰囲気すら消えて、罵倒にもどこか気品がただよっている。俺の隣でロザリアが静かにキレているのがちょっと怖い。

ラインハルトさんと戦ったことは何度かある。もちろん、俺一人ではない。ロザリア、カイゼルの三人で同時に挑んでも歯が立たなかったのだ。

そして、どうでもいいが、こいつの能力があればもう一人のヴァイスとちゃんと会話ができるんだよな……

「ヴァイス様隠れてください。あなたのことは私が守ります!!」

「ロザリア、俺も戦う。一緒に頑張るって言ったろ!!」

「ですが、こいつは……」

「ははは、女性は後回しだ。まずは君から刻んであげよう!!」

地面を蹴る轟音と共にラインハルトさんの姿をしたエミレーリオの姿が消え去った。目にもとまらぬ速さで俺の方に来ているのだろう。

「ホワイト!!」

「きゅーーーーー!!」

俺が叫ぶと共に胸元に隠れていたホワイトが顔を出す。そして、俺は心配そうにしているロザリアを安心させるように微笑みながら王級魔法の詠唱の準備に入る。

もちろん、俺の魔法では今のエミレーリオを捕らえることはできない。だけど……それでいいのだ。彼の動きを止める人物は他にいるのだから……そして、金属のぶつかり合う音が響く。

「なん……だと……?」

エミレーリオの一撃をこれまで潜んでいたダークネスが受け止めた。

「ふははははは、このダークネスを舐めてもらっては困る!! 感謝するぞ、ヴァイス、ロザリア。貴公らが時間を稼いでいてくれたおかげで、わが身は既に風を帯びている!!」

風の魔法でステータスを上げまくったダークネスとエミレーリオが斬り合う。すさまじい速さで、剣戟《けんげき》をぶつけあっているのだろう。

残念ながら俺には目で追うことすらできない。ダークネスめ、さっきは全然本気じゃなかったな。ロザリアですらかろうじで追えているといったレベルだ。だけど……それで十分だ。

「ロザリア、いけるな!!」

「はい、もちろんです。ヴァイス様!!」

「常闇を司りし姫君を守る剣を我に!! 神喰の剣!! ダークネス。いまだ!!」

圧縮された闇がロザリアの槍を包み込む。これで彼女の槍に俺の魔法が宿った。俺では攻撃は当てられないが、なんとかこいつらの動きが見えているロザリアなら当てられるはずだ。

「承知した。今見せよう。わが真の力をな!! 剣よ、風竜の加護の元、舞え!!」

「なんだ、これは?」

「これこそ、わが師に打ち勝つために編み出した秘技、人呼んでダークネススペシャルである!!」

ダークネスが左手の剣を投げると、剣が宙を舞いながら、意思をもっているかのようにして、エミレーリオに襲いかかる。すげえ、ファンネルだ!!

そして、ダークネスのファンネルのように襲ってくる刃と、残った剣による斬撃を受けとめたエミレーリオに僅かな隙ができた。

「ヴァイス様を侮辱した罰です!!」

体勢を崩したエミレーリオにロザリアが槍を振るい、彼の腕をかすめた。

そうかすめただけだった。

「あぐあぁぁあぁぁ!?」

それだけで、片手のかすり傷から漆黒の闇が広がり、一瞬にして食らいつくす。冥界の姫君は生者の生命にどん欲だ。奴がとっさに片腕を切り落とさなかったらそのまま息絶えていただろう。

そして、その行動でできた隙を見逃がすダークネスではなかった。

「風竜の爪よ、我が敵を刻み殺せ!!」

彼の一撃がエミレーリオの腹部を貫いたかと思うと、その剣から風の刃が溢れ出して、エミレーリオの身体全体を切り刻みながら吹き飛ばす。壁にぶつかったエミレーリオはうめき声を上げる。

さすがは十二使徒といったところか、上級魔法を応用して使いやがるな。

「なんで……俺は最強の男ラインハルトに変化したはずだぞ……」

「違うよ。お前が模倣したのは、俺が戦った手加減してくれたラインハルト様だ。本当のあの人はこんなもんじゃないさ」

「ふははは、君の鑑定スキルは彼の加護を完全に見抜いていたのだな。だから、私に気配を隠すように言ったのだろう!! やるな、ヴァイスよ。私の友を名乗る権利をあげようではないか!!」

意気揚々と叫びながら風の魔法が宿った二本のナイフを投げるダークネス。そのナイフはエミレーリオの喉と眉間に突き刺さる。これで絶命しただろう。とりあえず俺の力を鑑定と勘違いしているダークネスのことは放っておく。ゲームの知識と言っても信じてもらえないだろうからな。

おそらく本来のゲーム通りだったら、エミレーリオはダークネスが思う最強に化けて、彼を殺したのだろう。十二使徒の彼は俺よりもはるかに修羅場をくぐっているからな。

だが、今は違う。勝ったのは俺達だ。誰も死なずにアステシアを救うことができた……そう勝ち誇った時だった。王級魔法を使ったせいか、体がふらつく。

「ヴァイス様、大丈夫ですか!? あまり無理をしないでください。ホワイトちゃんも心配してますし……それ以上に私が心配しちゃいますから」

ふらついた俺をロザリアが支えてくれる。柔らかい感触と彼女の甘い匂いが俺の頭痛を和らげてくれるようだ。

特訓しているとはいえ、今回はロザリアの槍に王級魔法を纏わせるという荒業を使ったせいか、ハデスと戦った時より精神の消耗が激しいようだ。万が一にも魔法が暴走して、彼女を傷つけないように、コントロールに無茶苦茶気を使ったからな……。

「ああ……悪かった。でも、大丈夫だよ」

「そんな顔をして言われてても説得力はありませんよ」

「きゅーきゅー!!」

ホワイトが元気づけるかのように俺の頬を舐める。すると俺は、心なしか精神的に楽になった気がしてなんとか一人で立ち上がろうとした瞬間、天井の一部が降ってきやがった。

よく見ると柱にひびが入っている。これってまずいんじゃ……。

「おっと……つい本気を出し過ぎてしまったようだな。壁だけでなく柱ごと破壊してしまったようだ。優秀すぎる自分が怖いな」

「お前な!! ってロザリア!?」

俺はいきなり抱えられて、驚きのあまり叫んでしまう。てか、これってお姫様抱っこじゃ……。

「安心してください。ヴァイス様。あなたのことは私が必ず守ります。それにこうして、抱きしめているとあなたが私の傍にいると安心するんです。このままでは私の知らないどこかに行ってしまいそうで……」

「ロザリア……」

どこか寂しそうな顔をするロザリアに俺は言葉を失う。確かに最近色々と無茶をして心配をかけすぎた気がする。普段ロザリアは言葉にはしなかったが不安にさせていたのだろう。

「ふふ、お熱いな……あれならば奴も死んだだろう。さっさと脱出するとしよう」

「あれ？ でも、カタリナが……」

「ふふ、少女のことなら安心したまえ。この教会には他の人間はいなかった。周りを探索している私の部下が、今頃見つけ出しているだろうさ」

「そうか……よかった……」

「ヴァイス様!?」

安心したからだろうか、意識が徐々に薄れていく。ロザリアが強く抱きしめてくれているのか、暖かい……ああ、また心配させてしまうな……ごめんよ……。

だけど……アステシアが闇落ちをする前に救えたし、偶然とはいえ、巨大な権力を持つ十二使徒の一人とも伝手ができた。これは中々上出来では……？　そんなことを思いながらも、俺の意識は闇へと落ちていった。


「ううん……」

何やら額を覆う暖かい感触に俺は目を覚ます。無茶をしたせいか頭が痛い。目を開いた俺の目に映ったのは、まだ表情は硬いけど、わずかに笑顔を浮かべているアステシアだった。

「ここは……？」

「目を覚ましたようね、よかったわ。半日も眠ったままだから心配したのよ。ここはダークネスとかいう人が用意してくれた宿よ」

「そっか……アステシアが俺の看病してくれたのか？　悪いな……」

「好きでやっていることだから気にしないで。それよりも、体調はどうかしら？　少しでも悪いところがあったら言いなさい」

「ああ、もう大丈夫だ。ありがとう、助かった」

「それはよかったわ。それとお礼ならあなたの仲間に言うことね。戦って疲れているでしょうに、限界になるまで、ずっと看病してくれていたのよ」

彼女が指さすのは椅子に座って眠っているロザリアだ。ブランケットがかかっているのはアステシアがやってくれたのだろう。

また、心配させてしまったな。そんなことを思っているとアステシアの服の中で何かがうごめいた。え、おっぱいが動いて怖いんだけど!?

「きゃあ、ちょっと!!」

「きゅーきゅー!!」

「ホワイト、お前も心配してくれたのか」

「ああ、モフモフ……」

アステシアの胸元から飛び出して、俺の肩に乗ったホワイトが、嬉しそうに俺の頬を舐める。

確かにこれは癒されるな……むちゃくちゃ残念そうな顔をしているアステシアには悪いが、俺がホワイトを撫でると嬉しそうに鳴いた。

「それにしても、この人すごいわね……呪いで私に嫌悪感を抱いているはずなのに『ヴァイス様が信じた方なら信じます』って言って私に看病を任せてくれたわよ」

「ああ、ロザリアは俺の最高のメイドだからな」

すーすーと可愛らしい寝息を立てている彼女を見つめながら誇らしげに答えた。まったく自分だってしんどいはずなのにさ……。

「それにしても気持ちよさそうに寝てるな」

普段の言動からして、俺が起きるまで休みそうになかったので一安心である。

「でしょうね。自分も辛そうなのに、あなたが目を覚ますところを見届けるって言うことを聞かなかったから、薬を盛って寝てもらったの」

「え、変な薬じゃないよな、大丈夫だよな？」

「単なる睡眠薬よ、安心して。それにしても……本当にお互いに信頼し合っているのね、うらやましい」

アステシアがまぶしいものを見るように俺とロザリアを交互に見つめる。つい、メイドと言ってしまったが、もう正体を隠す必要はないしいいか。

それにしてもこの子、結構薬使うな……。

怪我だけではなく、病気も治療するプリーストには必要な技能なのかもしれない。魔法では怪我は治せても病は治せないからな。ゲームでのアステシアはゼウスの加護による治療と、ハデスの加護による攻撃ばかり使っていたので、意外な一面を知ることができて嬉しい。

「アステシアもさ、呪いが解ければきっとそういう人ができると思うぞ」

「そうね、ありがとう……」

俺の言葉になぜか、彼女は一瞬複雑そうな顔をした。これまでの辛い過去を思い出してしまったのだろうか？

俺は慌てて話題をかえる。

「そういえば今回の騒動はどうなったんだ？」

「ダークネスっていう人が大体解決していったわ。キースと、邪教に囚《とら》われていたカタリナは保護されて、近くの教会で暮らすことになるそうよ。これから残された資料を基に、潜んでいる邪教の人間退治と奴隷を買った貴族や商人を調査するらしいわ。あとは……神父に化けていた男が私に罪をなすりつけようとした証拠が見つかったから、私もいくつか質問をされたわね。そういえばあのダークネスって人も私の呪いが効かなかったみたいだけど神獣様の加護を持っているのかしら？」

「あー、ダークネスは十二使徒なんだよ。強力なゼウス神の加護を持っているからな、異教徒に対する耐性が強いんだろ」

「は？　あの人が十二使徒？　嘘でしょ……」

珍しく間の抜けた声を上げるアステシアに、俺がつい笑みをこぼすと、彼女はちょっと恥ずかしそうに顔を赤らめて、じとーっとした目で言った。

「なにも笑わなくってもいいじゃないの……でも、あなたのおかげで今回の件は解決したわ、本当にありがとう。神父様は残念だったけど……キース達や私は無事奴隷商人に売り払われずに済んだわ」

彼女自身も辛い目にあったというのにキース達を心配できるのはすごいと思う。まあ、アステシアは奴隷になるんじゃなくて、今回の件をきっかけにハデス教徒になるはずだったんだが……それはおきなかった物語だ。わざわざ訂正する必要はないだろう。

「ああ……そうだな。それで、アステシアはこれからどうするんだ？」

「ええ、そうね……あなたに呪いを解いてもらったら、教会でゼウス神の導きに従おうと思っているわ。ゼウス神のおかげであなたという救世主に会えたんですもの。これで与えられた試練は乗り越えた。プリーストとして、この世を救うために活動してみようと思うの」

アステシアは一瞬口ごもったあとに、まるで事前に考えていたかのようにスラスラと答えた。その時の表情がなんとも複雑で俺は違和感を覚えた。

本当にやりたいことは別にあるのではないだろうか？　それに……彼女は一つ勘違いをしている。

「それは……アステシアが本当にやりたいことなのか？」

「え……だって、私はそのために力を授かったのよ。みんな言っていたもの、私の力は特別なんだって。だから神様のために使うべきなんだって。だから、今回もゼウス神は私を助けてくれたのよ」

「それは違うぞ」

アステシアの言葉を俺は彼女をまっすぐ見つめて否定する。ああ、まったくもって見当外れだ。ゼウスが何を考えて彼女に力を渡したのかはわからない。本当にこの世を救う聖女になってほしかったのか……ゲームの主人公と戦わせるための踏み台にするために力を与えたのか、そんなことはわからないし、どうでもいい。

だけど、一つだけ俺だけが知っている真実がある。ゼウスは……アステシアを救わなかったのだ。闇落ちして苦しんでいるはずの彼女を救うことはなかったのだ。

だから……彼女だってゼウスの言いなりになんてならなくていいんだ。だって、彼女を救ったのは……。

「君を助けたのは神様じゃない。アンジェラの願いが俺を動かし、俺達が敵を倒したんだ。君が感謝すべきなのは神じゃない。アンジェラなんだよ。だから、呪いから解き放たれたら君がしたいことをするといい。神の指示じゃなくて、自分が本当にしたいことをするんだ」

「何を言って……だって、あなたは神獣様の加護と共に私のピンチにやってきて救ってくれたじゃないの。それが偶然だとでも言うの!?」

信じられないとばかりに震える声で答えるアステシアに、畳みかけるように俺は続ける。

「それは違うんだよ。俺がホワイトと契約できたのは俺の力だ。そして、君を救ったのはアンジェラと、俺……そして、アステシアが腐らずに、耐えてきたからなんだよ。決して神の力なんかじゃない」

そう……俺がホワイトと契約できたのは偶然だ。まあ、強いてあげれば転生する前に聞いた変な声のおかげかもしれないが、あいつはなんだかよくわからないから触れなくていいだろう。

俺はアステシアに微笑みながら、強く言った。

「だから、アステシアはもう自由に生きていいんだよ」

「でも……本当にいいの？　だって、私は神様の力をもらって……」

「いいんだよ。神様は力を与えたかもしれないけど、救ってはくれなかったろ？　だったらさ、もらい逃げしちゃえよ。今まで苦労したんだ。それくらいしてもバチはあたらないだろ。なにかあったら俺も神様に怒られてやるからさ」

「もらい逃げって……」

俺の言葉に目を見開いて、驚いていたアステシアだったが、クスリと笑う。その笑顔は、これまでで一番楽しそうだった。

「まったく……聖女候補だった私に神様を裏切れなんて悪い人ね。だけど……ありがとう。なんだか楽になったわ。まだ、やりたいことはわからないけど、落ち着いて考えてみようと思う」

「ああ、何かあったら、ハミルトン領を頼るといい、そそのかした責任はとるぜ」

「ふーん、言質はとったわよ」

「ヴァイス様……？」

そんな風に軽口を叩きあっていると、ロザリアが目を覚ました。最初彼女は、寝ぼけ眼で俺を見つめていたが、やがてその瞳を大きく見開きぽろぽろと涙をこぼし始めた。

「ロザリア、俺は大丈夫……」

「ヴァイス様、本当に心配したんですよ!! よかった……本当によかったです。あなたがこのまま目を覚まさなかったら私は……」

「うおおおお」

「きゅーー!?」

椅子から跳ねるように起き上がったロザリアがそのまま抱き着いてくる。彼女の豊かな胸に頭を包まれて、俺は反論どころではなくなる。

ああ、くそ……こんなに心配させちまったんだな……。

「ロザリア、ごめん。俺は……」

「私もっと強くなります。どうせ、ヴァイス様はまた誰かのために無茶するでしょう。だから、ヴァイス様が無茶をしても支えられるように……」

有無を言わさずロザリアがさらに力を入れて抱きしめてくる。

「それと、ヴァイス様も魔力を上げる特訓をしましょうね。いつも以上に厳しくしちゃいますからね」

「……ずいぶんとお熱いのね……あとは二人でゆっくりしなさいな。いい宿だから防音もしっかりしてるから安心して」

なにやら複雑な顔をしたアステシアが付き合っていられないとばかりに立ち上がった。待った、なんか俺とロザリアの関係を勘違いしてないか？

「その……二人ともありがとう。私は自分の道を探してみるわ」

「ああ……応援するぞ」

部屋を出る前にアステシアは顔を真っ赤にしてお礼を言って去っていった。その後、俺はむちゃくちゃ心配しているロザリアを落ち着かせるのに一苦労するのだった。

ありえないことだった。

計画が杜撰だったことは認めよう。だが、ゼウス十二使徒が現れても力押しでなんとかするだけの実力が自分にはあるはずだったのだ。

それが狂ったのは王級魔法を使うあのガキのせいだろう。エミレーリオは瓦礫《がれき》から顔を出す。

「くそがよぉぉぉ……とっさに、アムブロシアの奴に変化しなかったら、本当に死んでたじゃねえかよぉぉぉ!!」

エミレーリオは嫌味な同僚の顔を思い出して、苦い顔をする。同じハデス十二使徒であるあいつの力を使ったなんて知れたら、何を言われるかわかったもんじゃない。アムブロシアの力は再生である。条件こそあるが限定的に不死となる力を使ってナイフを受けても生き延びることができたのだ。

「まあいい、十二使徒は置いといてあのガキだな。あの年で王級魔法だと？　ふざけやがって……なんであんな奴がいるんだよ。あいつは将来ハデス様の邪魔になる。他の十二使徒にも声をかけて……」

「それじゃあ、困るんだよ。せっかく親友殿が、未来を変えてくれているんだ。ここで彼に死なれてしまっては困るのさ」

「何者だぁぁぁぁぁ!?」

エミレーリオの視界に入ったのは整った顔をしているがどこか胡散臭い少年だった。胡散臭い少年は胡散臭い笑みを浮かべて胡散臭いほど大仰にエミレーリオに対してお辞儀をする。

整った顔に嫉妬心が沸き上がり、即座に殺してやろうかと思ったが、なにか不気味な感覚に襲われる。

「僕の名は、ナイアル。ただの地方貴族だよ。初めまして、ハデス教徒が十二使徒、第九位夢幻のエミレーリオ殿」

「お前……俺達と同じハデス様の……いや、違《ちげ》えなぁぁぁ、お前に加護を与えたのはもっと禍々しい何かだろうぉぉぉぉ!!　お前は何者だぁ!!　それに、なぜ俺の正体を知っていやがる!?」

エミレーリオは自分の正体がバレていることを知り、先ほどよりも焦った声を出す。戦っている時にこいつの気配はなかったはずだ。それに、この素顔は徹底的に特徴を減らして、記憶に残りにくいようにいじってあるというのに、こいつは自分をエミレーリオとして認識している。

なんだ……こいつは？　冷や汗が止まらない。

「ふふふ、なんでだろうねぇ？　それよりも我が親友殿から手を引くって約束してくれないかな？　そうすれば命はとらないであげるよ。申し訳ないけど、その厄介な力はもらうけどさ」

そいつはまるでパンを一口くれとでも言う気軽さで言ってきた。俺の加護を奪うだと……？　何を言ってやがる。とにかくわかるのはこいつがやばいということだ。

もう、力は使えるな……。

エミレーリオの力は一回変身すると、しばらくは他の人間に変化できないという弱点がある。だが、もう大丈夫だ。彼は先ほどのダークネスとかいう男が知っている真の力を持つラインハルトに姿を変えて、斬りかかる。

せっかくだ、こいつの整った顔を剥いでやれば俺のイライラもすっきりするだろう。

エミレーリオの剣は不気味なほどあっさりと、ナイアルとかいう少年を真っ二つにする。あまりのあっけなさに、エミレーリオは思わず間の抜けた声をあげてしまった。

「え？」

冷静に考えたら俺はハデス教徒の十二使徒なのである。ただのガキに負けるはずが……そう思った時だった。

「おやおや、野蛮じゃないか？　僕は話し合いをしようとしているんだぜ」

「ひぃっ」

そいつは何事もなかったように、話しかけてきた。同時に切断部から触手のようなものが湧いて出てきて、真っ二つになったはずの身体を元のようにつなげた。なんだこの化物は……。

「なんだ、なんなんだよぉぉぉぉぉ!?」

エミレーリオは言いようのない恐怖に襲われ、それを誤魔化すように刻む刻む刻む刻む!!

もう二度と立ち上がれないように、もう二度としゃべれないように念入りに刻む。

「ははははは、ビビらせやがって!!　お前が俺に勝てるはずが……」

ずいぶん小さくなったナイアルを見てエミレーリオが壊れたように嗤った時だった。

「まったく、物騒だねぇ。ああそれとも、これが君達ハデス教徒の会話前の儀式なのかな？」

「なんなんだよ。お前はぁぁぁぁぁぁぁぁ!?」

細かく刻んだというのに、触手で結合して再び立ち上がるナイアルを見たエミレーリオの絶叫があたりを支配する。

「そろそろ壊れたかな？」

ナイアルは、対峙してから一歩も動かずに狂ったように叫び声をあげているエミレーリオを見つめながら、どうでもよさそうに言った。

「一体どんな夢を見ているんだろうねぇ、マリアンヌ」

ナイアルは体に潜ませている植物を愛おしそうに撫でる。幻惑を見せる効果がある彼女の香りを吸ったのだ。今頃とんでもないくらいの悪夢を見ているだろう。それこそもう二度と正気を保てないくらいに……。

「ああ、でも、やりすぎちゃったかな……彼は本来ここで死ぬはずじゃなかったんだよね……それに、第八位『鮮血のアイギス』も、第二位『闇聖女アステシア』もこのままじゃあ、闇堕ちはしなさそうだよね……色々と変わっちゃいそうだなぁ……」

おまけにゼウス教徒の十二使徒であるダークネスは生きているという状況である。あまりに正史と比べて陣営同士の強さのバランスが悪い気がする。

「まあ、いっか。なるようになるでしょ。それにしても我が親友殿は本当に優秀だなぁ。アイギスだけじゃなくて……アステシアまで救うなんてさ。君がどんな物語を紡ぐか僕は楽しみでしょうがないよ、ねえ、マリアンヌ」

ナイアルの言葉に反応するかのように触手様の植物が彼を愛おしそうに包み込む。それを見て嬉しそうに微笑むと、彼はその場から去った。

後日、壊れたように叫び声をあげている一人の人間が見つかったが、正気に戻ることはなかったという。


「それにしても、ナイアル様を置いていってよかったのでしょうか？」

「まあ、あいつならなんとかするんじゃないかな……」

エミレーリオを倒したあとに、俺達はハミルトン領の神霊の泉へと馬車を走らせていた。本当はナイアルと一緒に帰る予定だったのだが、何やら用事があるとのことで、先にハミルトン領まで送ってもらったのだ。

そして、今はうちの馬車に乗り換えて、神霊の泉に向かっているのである。

「その……アステシアさんは大丈夫でしょうか？　私のせいで馬車に一人で乗っていただくことになってしまって……」

「気にするなって。それだけ邪教の呪いは強烈なんだよ。ロザリアが悪いんじゃない。それに彼女はホワイトと一緒だから大丈夫なはずだ」

今頃無茶苦茶幸せそうにもふもふしてそうだなぁと、ホワイトとじゃれて、嬉しそうなアステシアの顔を想像して思わずにやける。

アステシアだけ馬車が違うのはロザリアへの配慮と、アステシアが望んだからだ。彼女いわく、「呪いから解放されるための心の準備が欲しいので誰とも会いたくない」とのことである。そのかわりにホワイトを貸してほしいと要求してきたから、実はモフモフしたいだけなんじゃないかなと思ったがつっこむのは無粋だろう。色々と考えたいことはあるだろうからな。

「ああ、それと、例の手紙もあっちに届いているかな？」

「はい、もちろんです。今頃こちらに向かってきていると思いますよ。それにしても、ヴァイス様はお優しいですね。さすがです」

「そりゃあ、推しには幸せになってほしいからな」

「推し……ですか？」

俺の言葉を怪訝な顔をして、おうむ返しするロザリア。そうだよな。この世界には推しという言葉はないんだ。なんて説明しようかと迷っていると、彼女は優しく微笑む。

「その言葉は存じ上げませんが、良い言葉というのはわかります。それならば、私にとっての推しはヴァイス様でしょうか？」

「え……ああ、ありがとう。何か恥ずかしいな」

ちょっと悪戯っぽく笑うロザリアを見て、俺はなんだかむず痒《がゆ》くなる。ただし、今の俺は前世の俺ではない。ヴァイスなのである。照れ臭いが、イケメンにしか許されないようなクサい言葉も『ガンガンいこうぜ』だ!!

「ロザリアも俺にとっての推しだよ」

「うふふ、ありがとうございます。お世辞でも嬉しいです……そろそろ着いたようですね」

顔を赤らめるロザリアと見つめ合い、ちょっと甘い雰囲気が流れる中、豊かな緑が目に入ってきた。俺は馬車から降りて、アステシアの馬車へと向かう。他の人間では彼女を傷つけてしまう可能性があるからな。

「おーい、アステシア」

「きゅーきゅー♪」

「あーもう、かわいいでちゅねー。うちの子になりまちぇんか？　ずーっとこうしていたいでちゅ」

ノックをせずに扉を開くと、ホワイトを抱きしめて恍惚の顔をして赤ちゃん言葉をしゃべるアステシアがいた。

「……」

いや、馬車が止まったんだから準備しとけよと心の中でつっこみを入れていると、デレデレに笑っている彼女と目があって……アステシアが一瞬にして、全ての感情を捨てたかのような無表情に変わった。

「ようやく、神霊の泉に着いたのね……」

「あ、ああ……これで呪いから解放されるはずだ」

「そう……ようやくこの呪いともおさらばされるのね。長かったわ……ありがとう、ヴァイス。この恩は必ず返すわ」

無表情にシリアスなことを言い出すアステシア。こいつ、なかったことにするつもりだぁぁぁぁぁぁ!!　すました顔をしているアステシアをよく見ると少し顔が赤い。別に動物好きなくらい隠さなくてもいいと思うんだが。

「じゃあ、行くぞ。心の準備はできているか？」

「もちろんよ。ちょっと緊張しているけど、問題ないわ」

俺は馬車の扉を背にして言う。先ほどの推しの可愛い姿を見て、ついにやけてしまう。

「動物を可愛がっているアステシアも自然でいいと思うぞ」

「最後まで見なかったフリをしてよ、ばかぁ!!」

彼女の羞恥に満ちた悲鳴が神霊の泉にこだました。いやぁ、推しをいじりたくなる時ってあるよな。だけど、元気になって本当に良かったと思う。

神霊の泉に行くまでに何体か魔物と遭遇したが、それ以外は大した問題もなく進む。前衛にロザリア、真ん中に俺、サポートにアステシアの布陣だが、マジでやばいくらい強い。そして、自分が推しになって、推しとパーティーを組んでいる俺の精神もやばい。俺の語彙力もやばい。

「こんなに神霊がいるなんて……」

「何度見てもすごいですね……」

「ああ、すごい綺麗だよな……」

泉の前に進むと前回同様に蝶々《ちょうちょう》の形をした神霊や、ホワイトと同じ種族の神獣が水浴びをしていた。水面は太陽光を浴びてキラキラとしておりなんとも美しい。

「それではヴァイス様、アステシアさん、私は周囲の見回りをしてきますね。その……ヴァイス様が解けるって言うんです。絶対解けますから安心してくださいね」

「ええ……ありがとう」

ロザリアと、アステシアが少しぎこちないながらもやりとりをする。呪いがあるだろうに笑顔を浮かべるロザリアの精神力はすごいなと思う。

そして、ロザリアの姿が消えると俺の肩にいたホワイトが、飛び降りて泉の方へと走って行った。

「きゅーきゅーきゅーー!!」

「きゅ？　きゅーー!!」

ホワイトが彼らに伝えてくれたのだろうか、入っていいよとばかりに、神霊や神獣達が泉までの道をあけてくれる。まるでモーゼみたいだな。

そして、神霊達が俺達に微笑んだ、そんな気がした。

「じゃあ、行ってくるわね」

呪いが解けるか不安なのだろう、どこか緊張した様子でアステシアが口を開く。俺はそんな彼女を安心させるように声をかける。

「大丈夫だ。神獣達も見守ってくれているだろ。君の呪いは絶対解けるよ。もしも、解けなかったら俺が責任を取るさ」

「なっ……責任って……あなたは少し言葉を選んだ方がいいわよ……でも、ありがとう。ちょっと勇気が出たわ」

俺の言葉になぜか顔を赤くしながらも、彼女は頷いた。そして、意を決したように泉の前に進むと……なぜか、入らないで俺の方をちらちらとみつめてくる。

一体どうしたというのだろう、ちゃんと見守っているから安心してほしいんだが……。

「あの……服を脱ぐからあっちを向いていてくれないかしら？」

「え？　ああ、そういうことか!?　悪かった!!」

俺は慌てて反対方向を向いて、目を瞑る。そういえばゲームでも聖女が神霊の泉に入る時は服を脱いでいたな……確か服についた穢《けが》れを泉に混入させないためだっけな……その時主人公が覗くか覗かないかで、仲間の好感度が変動するんだよな……。

シュルシュルと布の擦れる音が耳に入る。冷静に考えてみれば実はすごい状況じゃないか？　推しが、今、後ろで服を脱いで全裸になっているんだぞ!!　前世では女の子に縁がなかったせいか変な気持ちになってきた。

そう……後ろを向けばアステシアが裸で……。

ゲームでも見られなかった推しの裸がそこにあるのだ……思わず生唾を飲み込んだ俺は意を決して……全力で自分の膝をつねった!!

覗きなんかしていいはずねえだろ!! 俺は推しを幸せにするために転生したんだよ!! 彼女を救ったのは不快な思いをさせるためじゃないのだ。

「うぐぐ」

我ながら力が入りすぎたためか、つねった膝が無茶苦茶痛い。俺が痛みと戦っていると、後ろから足音が聞こえた。

「もう振り向いていいわよ……って、何をやってるの?」

俺が全力で呻いているのが気になったのか、アステシアが怪訝な声を上げている。本能と戦ってたんだよ。しょうがないだろ!!

振り向いた彼女の長い髪にはわずかに水気が滴っており、いつもより少し色っぽかった……ってそうじゃないよな。

「その……見てくれるかしら?」

「ああ、任せてくれ」

緊張した様子の彼女を安心させるように微笑んで、俺はアステシアの白い手に触れ、ステータスを確認する。

俺がアステシアに結果を伝えようとすると、彼女はなぜか、信じられないものを見るかのように目を見開いた。その視線は俺の背後に注がれている。

手紙を届けた相手がちょうどいいタイミングで来てくれたようだ。

「アステシア……呪いが解けたって本当かい？　私はあんたにひどいことを……」

「アンジェラ姉さん!?　なんで、ここに……」

後ろの方から呼び掛ける声にアステシアは信じられないとばかりに驚愕の声を上げて……俺に目で訴えてきた。

「ああ、大丈夫だ。久々の再会を楽しんでくれ」

「よかった……ありがとう」

そう言って彼女は涙を流しながら駆け出していき、アンジェラと抱きあう。

「アンジェラ姉さぁぁぁぁぁん!!」

「アステシア、よかった。本当に治ったんだね……」

二人の少女の喜びの声が泉に木霊する。俺が二人の再会を祝福しているとロザリアが隣にやってきた。

「アステシアさんは呪いから解放されたんですね。アンジェラもあんなに喜んで……本当によかったです。さすがですね、ヴァイス様」

「俺だけじゃないさ。ロザリアが力を貸してくれて、アンジェラが彼女を救う方法を探し続け、アステシアもあきらめなかった。だから、彼女は救われたんだよ」

再会を喜ぶ二人を見守るかのように神獣達も見つめている。そう、みんなが頑張ったからこそアステシアは救われたのだ。ほっとすると、同時に胸の中から熱いものが溢れてきそうになる。

ゲームでは救えなかった推しを俺は救うことができたのだ。俺は満足しながら彼女達を見守り続けるのだった。

「それでは、この書類をもってアンジェラを神霊の泉の管理者とする。問題はないな」
「ええ、もちろんさ。あんたには世話になったからね。その……本当にありがとう。色々と悪い噂を聞いていたからロザリアから紹介された時は心配だったけど、あんたに相談して本当によかったよ」
「あはは、当時も頑張っていたんだよ。そんなことを言わないでくれって」
「ああ、そうだね、ごめんごめん。噂があてにならないってことは私が一番よく知っているっていうのにね……」

俺の言葉にアンジェラが申し訳なさそうに頭を下げる。神霊の泉から帰宅して、数日、俺はたまっていた仕事の処理と、遠征をしていたため遊べなかったことに無茶苦茶拗ねてたアイギスの対応に追われていたのだ。ようやく落ち着いたのでアンジェラを神霊の泉の管理者にする手続きを進めているのである。

これで、教会の横やりはなくなり、泉の水の使用料などで、財政も改善されるだろう。それに……将来、流行るであろう病に対する治療薬と、ゲームと同様に高性能なポーションも作れるようになるはずだ。

「あんたのおかげであの子の笑顔をまた見れたよ、本当によかった……」

アンジェラは少し涙ぐみながら言った。彼女はアステシアのために冒険者になったくらいなのだ。相当嬉しかったんだろう。まあ、俺も推しが幸せになったのだ。嬉しさでは負けていないけどな!!

アステシアは現在アンジェラと共に教会にいるらしい。ちなみにロザリアにこっそりと二人の様子を見に行ってもらったところ、アステシアは楽しそうに教会で子供達の相手をしていたらしい。

「アステシアも楽しそうに暮らしていてよかったよ」

「ああ、そうだねぇ。それで……やりたいことが見つかったって言って、今朝、教会を出て行ったよ」

「マジで？　聞いてないぞ」

予想外の答えに俺は間の抜けた声を上げてしまう。いや、確かに自分の道を見つけろとは言ったけどさぁ……なんか俺に一言くらいあってもいいんじゃない？

結構仲良くなれたと思ったんだけどな……それとも嫌われてたのか？　やはり泉で覗こうと一瞬悩んだのがばれたのか？

「まあ、あの子は恥ずかしがり屋だからね。そんなことよりもさ、訓練場を見せておくれよ、来たついでだ。怪我をした人がいたら治療をしてあげるよ」

「あ、ああ……」

俺はショックを引きずりながら彼女と共に訓練場に向かうことにした。まあ、確かにうちには治療魔法を使えるプリーストは少ないから助かるんだけどさ……。

アステシアとまだ色々話したかったんだけどな……と寂しさが胸を襲う。

訓練場では一人の槍使いが、複数人の屈強な男を相手に斬りあっていた。相手の方が数は多いというのに、魔法と槍を駆使してむしろ圧倒している。

「相変わらず、あの子の槍さばきはすごいねぇ。あんたも心強いでしょう」

「ああ、俺の自慢のメイドだからな、彼女にはいつも助けられているよ」

アンジェラの言葉に俺は少し自慢げに頷いた。もちろん、槍使いはロザリアである。彼女は最近メイドをしつつ鍛錬をこなしているのだ。

この前の戦いでダークネスやエミレーリオを相手に後れをとったのを気にしているのだろう。

申し訳なさそうに、「一緒にいる時間は減りますが、私に修行の時間をください」と言ってきたのはまだ記憶に新しい。相手は十二使徒なのだ、ゲームでいうボスクラスである。そんなに気にしなくてもいいのに……とも思うんだが……。

だけど、俺も彼女に心配させないようにもっと強くならないとな。

「そういえばあんたには専属のプリーストはいないのかい？　領主だったらいてもおかしくはないと思うんだけど？」

「専属……？　兵士の中には何人かプリーストはいるが……」

俺が怪訝な顔をすると、アンジェラは少し呆れたとばかりにため息をついた。どうやら常識だったようだ。

「そうじゃなくて、あんたの専属だよ。傷の治療だけじゃなくて、病気とかも見るのさ。私達プリーストの治癒魔法だと傷は治せても病は治せないからね。専属のプリーストは四六時中一緒にいて健康を管理したり、病の時は薬とかも調合したりするのさ。お偉い貴族様だとそれぞれの分野のスペシャリストを抱えているもんだよ」

「ああ、そういうことか……」

前世で言うかかりつけの医者みたいなものか……そういえばゲームで主人公の体調不良の時には聖女が薬を調合したり、場合によっては食べ物まで管理していたな……。

そのせいか聖女はゲーム内アンケートで「彼女ズラするヒロインランキング№1」だったたっ

け……。

「残念ながらそんな余裕はないな。ただでさえプリーストは少ないんだ。専属なんて雇っている余裕はないんだよ。それに食べ物ならロザリアが作ってくれるしな……それともアンジェラがなってくれるのか？　金はあんまり払えないぞ」

「悪いね、私は教会の子供達の方があんたより大事なのさ。まあ、戦いになったら手伝いくらいはするけどね。でも……」

彼女は一度言葉を切って、なぜか意地の悪い笑みを浮かべた。

「あんたは領主様なんだ。なにかあったら困るだろ？　ちょうどいい人間がいるんだよ。給料よりもあんたの下《もと》で働けることが嬉しいっていう、あんたに惚《ほ》れこんだ人間がね」

「はぁ……そんな奴いるはずが……」

「別に惚れているなんて言っていないでしょう。変なことを言わないでほしいわね」

俺とアンジェラの会話にフードを被った銀髪の少女が慌てて走りながら割り込んできた。てか、訓練場の隅っこから出てきたんだけど、ずっと隠れていたんだろうか？

「どうしたんだ、アステシア。やりたいことが見つかったんじゃなかったのか？　俺に何も言わないで旅立ったって聞いていたから寂しかったんだぞ」

「ふぅん、私がいなくなって寂しかったの。それは……その……あれよ……びっくりさせたほうがいいってアンジェラ姉さんが……」

俺の言葉をなぜか彼女は繰り返し、無表情だが顔を赤くしてから、助けを求めるようにアンジェラを見つめた。

「この子はね、あんたの専属のプリーストになりたいんだって。もちろん給金は払ってもらうけどね。正規の学校を出ているから薬の知識も豊富だし、かつて聖女候補だったんだ、治癒魔法の腕前も保証するよ」

「え、マジか？　俺が助けたからって責任を感じなくていいんだぞ。アンジェラが神霊の泉の管理者になった時点で借りはもう返してもらったんだ。だからアステシアは自分の生きたいように生きていいんだ」

俺が信じられないとばかりに、声を上げると、彼女は真剣な瞳で俺を見つめてくる。少し口ごもったあとに、意を決したように口を開いた。

「あなたは私に言ったわよね。神様の導きではなく、自分のやりたいことをやれって。私は、あのあと色々考えたのよ。私のように苦しんでいる人がいたら助けたいとも思ったし、邪教の連中に復讐《ふくしゅう》をしようかとも思ったわ。でも、どうすれば良いかわからず悩んでいた時にあなたの顔が浮かんだの。あなたなら私のように苦しんでいる人を助けてくれるでしょうし、邪教の味方をしたりはしないでしょう」

「ああ、それはそうだが……だったら別に俺の専属にならなくてもいいんじゃないか？　もっと有力な貴族もプリーストなら募集しているぞ。なんならラインハルト様に紹介状を書くぜ」

俺の専属となれば、行動範囲も俺の領地内と狭まってしまうし、まだまだ権力も低い。だったらラインハルトさんの力を借りたほうが……と思ったのだが、なぜか、アステシアは複雑そうな顔をして、アンジェラは呆れたとばかりに頭をかかえる。

「アステシア……この男にはちゃんと言わないと通じないよ。ただでさえあんたは口下手なんだから……ちゃんと自分の気持ちを全て言わないとだめじゃないか」

「うう……わかったわよ……私はあなたに恩返しをしたいの。ううん、あなたの傍にいて、あなたのつくる国を見たいのよ。それは貸し借りとかじゃない。私が今一番したいことなの!! だから……専属プリーストとして雇ってください。お願いします」

そう言ってちょっと顔を赤くしながら頭を下げるアステシアのお願いに俺は困惑してしまう。

ゲーム後半のボスクラスの彼女が仲間になるのは戦力的には無茶苦茶ありがたい。

だが、推しになった上に推しと一緒に行動とか、俺の心臓は大丈夫だろうか？ どうしようかと悩んだ俺だったが、アステシアの熱い視線を受けて気持ちを決めた。これまで色々な人に拒絶され続けていた少女がこんなにも本気で俺といたいと言ってくれるのだ。

俺は推しを幸せにするためにここにいるのだ。自分が、まだ、アステシアにふさわしくないと思ったのならばその分、成り上がればいいだけなのだ。ヴァイスと俺ならばそれくらいできるに決まってる。

「ああ、もちろんだ。これからは頼むぜ。アステシア」

「ありがとう……あなたなら約束を守ってくれると思ったわ」

「約束？」

「ええ、だって言ったじゃないの。そそのかした責任はとってくれるって」

そう言って笑った彼女の笑顔はまだ少し硬かったけどとても美しく、幸せそうだった。

ヴァイス＝ハミルトン

職業　領主
通り名　普通の領主
民衆の忠誠度25↓40（安定した統治によってアップ）
武力　45↓50（日々の鍛錬によってアップ）
魔力　70↓75（日々の鍛錬によってアップ）
技術　28↓30（日々の鍛錬によってアップ）

スキル

闇魔法　ＬＶ２
剣術　ＬＶ２
神霊の力　ＬＶ１

ユニークスキル

異界の来訪者

異なる世界の存在でありながらその世界の住人に認められたスキル。この世界の人間に認められたことによって、この世界で活動する際のバッドステータスがなくなり、柔軟にこの世界の知識を吸収することができる。

二つの心

一つの体に二つの心持っている。魔法を使用する際の精神力が二人分になる。なお、もう一つの心は完全に眠っている。

推しへの盲信（リープ　オブ　フェース）

主人公がヴァイスならばできるという妄信によって本来は不可能なことが可能になるスキル。神による気まぐれのスキルであり、ヴァイスはこのスキルの存在を知らないし、ステータスを見ても彼には見えない。

神霊に選ばれし者

強い感情を持って神霊と心を通わせたものが手に入れるスキル。対神特攻及びステータスの向上率がアップ。

ヴァイス生誕祭

「ついにこの日がやってくるな……」

俺は自室のカレンダーを見つめながら声を震わせていた。今から一週間後、俺がもっとも大事にしている日が訪れるのだ。そう、それは……。

「来週はヴァイス様の誕生日ですね。楽しみです!!」

俺の視線に気づいたロザリアが嬉しそうに声をあげた。そう、ヴァイスの誕生日なのである!! 推しの誕生日を推しになって、生で祝えるって最高じゃないか?

前世では一人で祝っていたが、今はロザリアという同志もいるのだ。気分的には領土中を巻き込んで祝いたいのだが、領民達の忠誠度はまだまだなんだよなぁ……。

「なあ、領地全体を巻き込んで盛大に祝おうと思うんだが、やはり領民の反感を買うかな？」

「うーん、そうですね。ヴァイス様は最近、犯罪組織を倒したり、善政を敷いたりしてらっしゃいます。ですが、そのことが伝わっているのはこの街とその周辺だけですので、ちょっと難しいかもしれませんね」

「まあ、そうだよなぁ……」

テレビやインターネットがない世界なのだ。俺がヴァイスになってから色々と頑張っていることもまだ伝わっていない可能性は高い。

それに悪い印象というのは一度つくとなかなか払拭されないものである。

「ですが、逆を言えばこの街の方々はヴァイス様のすばらしさを知っていますし、協力してくれると思います。それに、ラインハルト様や、アイギス様、ナイアル様も招待すれば喜んで来てくださると思いますよ。領地全体は無理でも、この街総出でお祝いするのはいかがでしょうか？」

「ああ、そうだな、できるだけ盛大にやろう‼」

ロザリアの提案に俺は笑顔で頷いた。そうとなれば色々と準備する必要がある。これから忙しくなりそうだ。まずは何からとりかかろうか……。

「そういえば去年はどんな感じだったんだっけ？」

「あーそれはですね……」

何かの参考になるかもと思い質問するもロザリアが珍しく眉をひそめる。やばい、覚えていないことを疑われるか……？

だけど、その心配は杞憂《きゆう》だった。

「その……ヴァイス様は酔っぱらっていたので忘れてらっしゃるかもしれませんが、招待した方々も全然いらっしゃらなかったので、バルバロ様と二人で豪華な料理とお酒を食べて飲んで暴れていました……」

「うわぁ……」

いくら人望がやばかったとはいえひどすぎだろう……。ヴァイス、安心しろよ。今年は幸せな誕生日にするからな!!

「ですが、今年はそんな風にはならないと思います。カイゼルさんもいますし、私も何を言われても一日中お祝いをしますからね。みんなも巻き込んでしまいましょう!!」

「ああ、ありがとう。まずは会議でプレゼンするか……」

気を使ってくれるロザリアに感謝しながら何かこの街に人を集めたり、参加者が喜ぶことはないか考える。ゲーム時代にも主人公がここでお祭りを企画していたんだよな……その時のメインイベントはなんだったか……？

そう考えると一つのイベントが頭に浮かんだ。

やはり、人間が関心を持つのは食である。これならば人も来るだろうし、盛り上がるだろう。

「いいことを思いついた。ロザリア、会議が無事成功したらちょっと冒険に行かないか？」

「冒険……ですか？」

「ああ、ちょっとしたお宝をゲットしにな」

不思議そうな顔をするロザリアに俺は得意げに答えるのだった。

ロザリアと話し合ったヴァイスの生誕祭に関する資料を皆に配った俺は、参加者達を見回して口を開く。

催し物だけでなく、経済効果や、警備方法など様々なものを話し合ってきめた自信作である。何日か徹夜をしたが、成功させるためならば必要な犠牲である。

あと文化祭みたいで楽しかったのはここだけの秘密だ。

「それで……俺の生誕祭だが、今年は街を巻き込んで大規模にやるということで問題はないな？」

月に一度の会議の議題が出そろったあとに、最後の締めとして皆に訊ねる。

屋敷で行うパーティー分の様々な食材の注文は済ませ、アイギスや、ナイアルを筆頭とした周りの貴族への招待の手紙などの準備は終わっているので問題はないのだが、街を巻き込むとなると領主だけではなく商人ギルドなどの街の権力者の協力も不可欠となるのである。

「この内容ならば問題はございません、むしろ、ヴァイス様の名前を使って商売してよいという許可が出るならば私共としても助かりますな」

「その際の警護でしたら我々にお任せください!!　犯罪組織も邪教の連中もネズミ一匹入れさせませんぞ!!」

ハミルトン領の商人ギルド長と、治安を担当してくれているカイゼルから力強い返事をもらう。ほかの人間達も異論はないようで、そのあとの会議は順調に進んでいく。

幸いにも最近は神霊の泉の発見などもあり、経済的にはかなり余裕がでてきたので、多少贅《ぜい》沢《たく》をしても文句はいわれなさそうだ。

これならば街を巻き込んだ大規模なパーティーができそうである。あとは目玉食材があれば言うことはないだろう。

そして、それに関しては当てがある。俺はゲーム時代の知識を最大限に利用して盛り上げることを決めるのだった。

「こんな風に森を歩いていると冒険者時代を思い出しますね……懐かしいです」

「ロザリアってやっぱりすげえな……」

「この子、なんでメイドなんてやっているのよ……」

ロザリアの案内で近くの森を探索している俺とアステシアはぜーぜーと息を切らしながら、彼女の後をついていっていた。

獣道ですらない道を歩いているためか疲労がやばい。最近鍛えているとはいえ元冒険者のロザリアと比べると情けなくなってくる。てか、アステシアさん、こっそり自分だけ癒やすのはずるくないですか？

「きゅーきゅー!!」

「お前は元気だなぁ、ホワイト」

「うふふ、神獣様は自然が多いところが好きみたいね」

俺達とは反対に嬉しそうに鳴き声を上げるホワイトを見て笑みがこぼれる。ああ、こいつがいるだけで癒されるな……。

「それにしても……キノシシとはね、私も食べたことないのよ。楽しみだわ」

「キノシシは超高級食材ですからね。さすがはヴァイス様です。冒険者ギルドでも知られていない希少素材と有名なキノシシの居場所を見つけているとは……」

「きゅーきゅー!!」

「いやぁ、ちょっとした伝手でな……」

まさかゲーム時代の知識とは言えずに適当に笑って誤魔化す。ちなみにキノシシとは体の表面にキノコを生やしたイノシシの魔物であり、そいつから採れる本体の養分を吸って育ったキノコが絶品なのである。

キノコももちろん美味しいのだが、キノシシの肉の味は、体に生えているキノコの指示で、植物ばかりを餌にしていることもあり、獣特有のにおいがなく脂身が甘いのが特徴なのだ。しかも、脂身もクセがなくあっさりとした甘みでいくらでも食べられるそうだ。

端的に言うと無茶苦茶うまいらしい。

「二人とも森の奥なのに付き合わせて悪いな。その代わり一番に食べさせるからさ」

「仕方ないですよ。キノシシは戦闘能力が低いので、他の魔物達に襲われればすぐに狩りつくされてしまうため、外界から閉ざされた場所にのみ住んでいるんです」

そして、ロザリアは頼られるのが嬉しいとばかりに微笑んだ。

「それに私はヴァイス様のメイドですから、どこにでもついていきますよ」

「水くさいことを言わないの。私はヴァイスの専属プリーストですもの。あなたが危険なところに行くならついていくって決めているわ」

「そうか……ありがとう……」

二人の言葉に思わず涙ぐみそうになる。アステシアがロザリアに対抗するように専属プリーストというのを強調しているのがちょっと気になったが、二人が慕ってくれるのが無茶苦茶嬉しい。

ホワイトが「きゅーきゅー」と自分もいるよとばかりにぺろぺろとしてきたので撫でてやる。

そうして、しばらく歩いたところで崖が見えてきた。

遠くから見ると岩が出っ張っているところが目に入り、緑がおい茂っているのがわかる。

「あそこだ。あれがキノシシの巣らしい」

「なるほど……で、どうやって行くのかしら？　ロープもなにもないけど……」

「……どうするんだろうな？」

アステシアの言葉に俺が聞き返すとあきれたとばかりの冷たい視線を送られた。だって仕方ないだろ。ゲームだと義妹のフィリスが使った浮遊魔法であっさり行ったんだよ。リアルだとこんなに高い所だと思わなかったんだ!! とは言えないよなぁ……。

「まったく……とんだ情報をつかまされたわね……魔法で身体能力を上げれば行けるかしら?」

「うふふ、お二人ともご安心を。このくらいの崖ならば登れますよ。氷の蔓《つる》よ、わが道を拓《ひら》け!!」

「え?」

聞き返す間もなくロザリアが凍り魔法を詠唱すると、崖に氷で作られた蔓が巻き付いていきまるで梯子《はしご》のようになっていく。

「おお、すげーー!! 通り道ができたぞ!!」

「うふふ、私はヴァイス様のメイドですからこれくらい当然ですよ」

「ふーん……」

触ったらむっちゃ冷たそうだが、これならば登れそうである。得意げなロザリアが作った氷の蔓をアステシアがちょっと複雑そうな顔で見つめている。

「私だってサポートならできるのよ。二人の身体能力を上げるわ。そうすれば登りやすいでしょう?」

「いや、だったら魔力が高まるようにしてくれ。俺に考えがある」

「別にいいけど……」

不思議そうな顔をするアステシアに俺は笑顔で返す。ゲームとは違い今は戦闘以外でも魔法は使え応用できる。今まさにそれをロザリアが教えてくれた。

「二人とも俺につかまってくれ!!　影の腕よ、我に従え!!」

詠唱と共に俺の影が二本の腕となって氷の蔓をつかむ。これならば寒さも感じないからな。

「さすがです、ヴァイス様!!」

「ふぅん、やるじゃないの」

そして、感心した二人がそれぞれ俺につかまるようにして抱き着いてきて……。

うおおおおお、柔らかい感触が!!

アステシアの豊かな胸の感触と、甲冑《かっちゅう》を身にまとっているロザリアからは感触はないものの甘い香りが俺を刺激してきて集中力が切れそうになる。

だが……俺は今推しなんだよ!!　俺の知ってるヴァイスはこんなラッキースケベで無様な姿を晒したりはしない!!

そう心の中で叫んで影の手を駆使して登るのだった。


「ヴァイスって魔法の制御力がすごいわよね」

「さすがはヴァイス様です。まるで本物の腕のように動かすなんて……」

「あはは、そうだろ。ヴァイスはすごいんだ」

崖を登りきったところで、無茶苦茶褒めてくれる二人を怪我させないように腰をかがめてそっと下ろす。そして、氷の梯子を登った先に待っていたのは緑の楽園だった。木々や草木がおい茂り、緑の葉が風にそよいで癒やしてくれる。

「自然が気持ちいいわね。こんな場所があったなんて……」

「今度、ピクニックに来るのもいいかもしれませんね。その時はお弁当を持ってきましょう」

「きゅーきゅー♪」

この美しい光景に感動したのは俺だけではなかったようだ。ロザリア達もまた感嘆の吐息を漏らしている。

神霊の森の時も思ったが、やはりゲームよりも現実で見た方がずっと美しいな。

そんなことを思いながらも足を進めると、葉の揺れる音と共に緑の香りして心地よい。

「さて、肝心のキノシシだが……」

「ぶひ!?」

突然の侵入者に驚いたのか、全身をコケに覆われ額にキノコを生やした生き物がこちらを見て、鳴き声を上げた。

ビンゴだ!! しかも、一匹じゃない。何匹ものキノシシがこちらを見つめている。

「よし、行くぞ!!」

「仕方ないわね、付き合ってあげるわ。神よ、我らに加護を!!」

「あ、お二人とも……」

身体能力を上げた俺とアステシアが武器を持ってキノシシに襲いかかる。この時の俺はすがすがしく美しい景色に気分が高揚していたのだろう。

ゲームでもキノシシが賢く素早いという情報があったのに完全に油断をしていたのだ。

「はーはー、なんでイノシシなのにあんなにすばしっこい上に頭も良いのよ……」

「くっそ、野生動物を完全になめていたな」

五分ほど追いかけっこをしていたが、フェイントや、障害物を駆使されたのである。そして、
見事に逃げられた俺達が肩で息をしながらキノシシをにらむと……。

「ぶひーぶひー!!」

挑発するかのようにキノシシが尻を振りながら森の奥へと走っていた。

「なめやがって!!」

「あいつら、完全に私を馬鹿にしているわね!!」

「あの……そもそも、私が凍らせればよかったのでは……?」

「「……」」

ロザリアのもっともな言葉に俺達は何も言えなくなる。

言い訳をすると、ゲーム内の「キノシシを捕まえろ」というミニゲームでは、逃げるキノシシを複数人でひたすら追いかけて捕まえるだけだったため、魔法を使うという発想が今さら頭に浮かんでこなかったのである。

「とりあえず、追いかけるぞ!! 次に見つけた時は頼むよ……」

「はい、お任せくださいね」

クスリと笑うロザリアにちょっと気恥ずかしくなりつつも俺達は奥へと向かう。俺達のような侵入者のことなど知らないとばかりに鳥や虫達の鳴き声が響き渡る。

そして、ちょうど森の開けたところに大きな木の洞があり、一匹のキノシシが目に入った。しかも、なぜかそいつはふらふらとおぼつかない足取りをしている。

「状態異常かしら……? 何か変なものでも食べたのかしらね?」

「トラップかもしれません。警戒していきましょう」

「ああ、そうだな。アステシア、いつでも回復できるように準備を頼む」

トラップと言っても人為的なものはないだろうが、毒霧などが発生している場合もあるため緊張しながら俺とロザリアは歩みを進める。

幸いにもアステシアは回復のエキスパートだ。何かあっても後方でホワイトと共に待機している彼女がいればなんとかしてくれるだろう。

「ん……この匂いは……」

「お酒でしょうか……？　でも、なんでここに……」

「まさか!!」

俺が急いで木の洞に駆け寄ると、そこには透明の液体がたまっていて、アルコール特有の香りと果物の甘い香りが入り混じった不思議な匂いがする。

「ヴァイス様危険です!!」

「いや、大丈夫だよ。それに……そこのキノシシはどうやら酔っぱらっているだけみたいだぜ。ロザリアも飲んでみるといい」

俺が体を真っ赤にしてふらふらとしているキノシシを眺めながら木の洞にある酒をすくって口にすると、ワインとも違う果物の甘みの凝縮された味が口内に広がった。

「これは……なんて甘美な味なのでしょう!!　こんなお酒は飲んだことがありません!!」

俺につられて口にしたロザリアが驚きの声をあげる。

「ちょっと、一体どうしたのよ!!」

「きゅーきゅー!!」

俺とロザリアの声につられたのか、ホワイトを肩に乗せたアステシアも何事かとかけよってきた。

「何これ……美味しい……」

アステシアが俺達にならって木の洞にある酒を口にすると、上気した頬を赤く染めながら、微笑む。彼女は酒に弱いのかもしれない。

「キノシシだけじゃなく、もう一つ目玉食材ができたな」

「さすがです、ヴァイス様!! ですが、なんでこんなところにお酒が……」

「俺も噂に聞いたことがあるだけだが、稀《まれ》に動物が木のうつろや岩のくぼみなどにたくわえておいた果実が、自然に発酵して、酒になるらしい。人の手が届かない場所だからこそおきた奇跡だろうな」

前世で酒好きだった父親が、猿が酒を造るという話をしていたのを思い出す。ここは狩人《かりゅうど》などには公開しないでおいたほうがいいかもしれない。動物達の楽園だからこそこんな奇跡がおきたのだから。

「さすがはヴァイス様、なんでもご存じなのですね」

「えへへ、おいしい……」

「いや、アステシア、あんまり飲みすぎんなっての、崖を下りるんだぞ!!」

景色をよそに気持ちよさそうに酒を楽しんでいるアステシアをみていると、せっかく感じた自然への感動が薄れてしまった。

ちょっと残念に思いながらキノシシと、酒を持って帰るのだった。

「すごい活気だな……」

「うふふ、それだけヴァイス様が慕われているってことですよ」

生誕祭の当日俺はロザリアと一緒に街を歩いていた。もちろん、正体はわからないように質のいいローブにフードを深く被っている。ちなみにロザリアはハミルトン家の紋章を隠した新品のメイド服に、ちょっとしたアクセサリーを身に着けている。俺があげた指輪も嵌《は》めてくれているのがちょっと嬉しい。

まさにお忍びの貴族令息とそのメイド一行という感じである。ちなみにホワイトは目立つためアステシアと屋敷でお留守番中だ。

「今日はヴァイス様の生誕祭だーー!!　今日しか食べられないメニューもたくさんあるよ!!　ヴァイス様の好物のクッキーだー!!」

「いや、俺の好物はロザリアの手料理なんだけどな」

「お言葉は嬉しいですが、今日だけは勘弁してあげましょう。みんなヴァイス様を祝ってくださっているのですよ」

さすが商売人というべきか屋台の連中は生誕祭にかこつけていつもと同じものをちょっと割高に売っている。まあ、これくらいは見逃してやってもいいだろう。

ちなみにこのような店とは別にいくつか公式ショップのようなものもあったりする。例えば……。

「ヴァイス様の顔の掘られた記念金貨も売っているぞー、今日しか買えない記念品だ!!」

「買った!!　三つくれ。保存用と布教用と飾る用だ!!」

ハミルトン家の紋章が彫られた看板を掲げる店の商品を前に俺は速攻で食いついて、ヴァイスの顔が少しデフォルメされた姿で彫られているコインを購入する。前世では公式グッズが一切出なかったというのに今は目の前に実物があるのだ。

ここで買わずにいつ買うというのだ!!

「もう、ヴァイス様ったら、見本の品が屋敷にあるじゃないですか……」

「違うんだよ、ロザリア……こういうのは現地で買うからいいんだよ。それにたくさん売れれば来年も作ってくれるかもしれないしな」

珍しく呆れた顔をするロザリアに言い訳をすると、彼女はクスリと笑った。

「そうですね……来年はもっと大規模なお祭りにしましょう」

お祭り特有の楽しそうな雰囲気を俺達はしみじみとした気持ちで味わっていた。これは俺がヴァイスに転生して成し遂げたことの一端だ。

彼ら領民とて本当にヴァイスの誕生日を祝っているわけではないだろう。だけど、ヴァイスの誕生日を口実に騒ぐくらいのことはしてもいいなと思ってくれるようになった。それだけでも嬉しいのだ。

さんざん公式グッズを買いあさった俺はずっとついてきてくれるロザリアに声をかける。

「ロザリアはどこか見てみたいところはあるか？」

「そうですね……それではあのお店に行ってみましょうか？」

「あのお店……？」

見当がつかずキョトンとする俺に、ロザリアは微笑むだけだった。


「さぁー安いよ、安いよ!!　ここはヴァイス様も立ち寄ったことがある領主様お気に入りの店だ。味は保証するよー!!」

ロザリアに連れていかれたのはいつぞや彼女と共に立ち寄った屋台だった。繁盛しているのはお祭りだからというだけではない。

ハミルトン家の紋章が彫られた看板に、肉とキノコが交互に刺されているこの串も大きな理由だろう。

「そして、本日はなんと目玉商品で幻の食材のキノシシの串焼きもあるよーー!!　キノコの旨味と豚の旨味を味わえるのはキノシシだけだ!!　ほっぺがおちるよー」

「なに、キノシシだと!?　偽物じゃないか？」

「でも、ハミルトン家の紋章があるぜ。さすがに嘘はつかないんじゃないか？」

店主の謳《うた》い文句《もんく》にざわざわと客達が騒ぎだす。そして、それはただの観光客だけでなく、商人や、お忍びで来ている貴族達も同様のようだ。

それだけキノシシは希少で美味しいのである。

「作戦は成功のようだな」

「はい、加盟店にのみわずかにキノシシを卸し、その質をハミルトン家が保証する……うちは紋章の使用料で儲《もう》かり、お店も客寄せの商品が手に入る。お互いが得をする画期的なアイデアです。さすがです、ヴァイス様」

「はは、これも領主としての勉強の成果だよ」

褒めてくれるロザリアの言葉に少し気恥ずかしさを感じながら答える。前世でいう特許制度の簡易版である。丸パクリだが、この世界では浸透していなかったからな。有効活用させてもらおう。

「だが、この店が加盟店になっていたとはな……ちょっと嬉しいな」

ここの店主は本来のヴァイスのことも評価してくれていたのだ。そんな彼が力を貸してくれるというのはヴァイスの頑張りも認められていたようでむちゃくちゃありがたい。

感動している俺の耳元でロザリアがこっそりとささやく。

「実はですね、ここの店主さんは一度屋敷にご挨拶に来てくださったんですよ」

「え？」

ロザリアの予想外の言葉に俺は目を見開いて聞き返すと、彼女はどこか嬉しそうに言葉を続ける。

「以前、ヴァイス様の目の前で色々と失礼なことを言ってしまい申し訳なかったと……そして、店の料理を褒めてくれて嬉しかったとおっしゃってました。一度だけ、食卓に肉串が出たのを覚えていませんか？　あれは実は店主さんのお土産だったんです」

「そういえば……やたらとロザリアがニコニコと見ていたと思ったが……」

アステシアを助けたあとに、食卓に珍しく肉串が並んでいたことがあった。普段のロザリアの料理とはだいぶ違ったから不思議に思っていたが、そういうことだったらしい。

「なら、言ってくれればよかったのに……」

「うふふ、店主さんも恥ずかしいから気づくまで秘密にしておいてくれって言っていたんです、ヴァイス様、せっかくです。ここにお邪魔しましょう、店主さんは心の底から祝ってくれると思いますよ」

「そういうことか……」

正直、正体がばれたら店主が気まずく思うだろうとこの店に行くことは避けていた。だけど、とっくに彼は俺がヴァイスだと知っていたのだ。

このタイミングでロザリアがばらしたのは俺が訪れやすくするためだろう。本当にできたメイドだと思う。

「ありがとう、ロザリア」

「うふふ、なんのことでしょうか？　それよりも急ぎましょう。キノシシの肉が売り切れてしまいますよ」

楽し気な様子のロザリアに手を引かれて、屋台の前へと連れていかれる。一瞬悩みながらも俺はかつてのように声をかける。

「店主。お勧めの串焼きを俺と彼女に頼む」

「あんたは……」

店主は一瞬目を見開いて……かつてのように注文を取った。

「あいよ!!　兄ちゃん、相変わらず別嬪さんを連れているね!!　今日のおすすめはキノシシだよ。俺が独自で作ったタレを使っているから、屋敷のとはまた違う味わいがあるはずだよ」

「じゃあ、それを頼む」

俺達はかつてと同じようにただのお忍び貴族と、店主といった感じでやり取りを進める。キノシシの串が火であぶられていき、肉とキノコの香りが食欲をそそる。

最後に焼きあがった肉とキノコを特製のタレがたっぷりと入った鍋に突っ込んで、味が染みたころで手渡される。

「うまそうだな。お代はいくらだ？」

「いらないよ。誕生日祝いさ。いつもこの街のために頑張ってくれているお礼だ」

「……そうか、ありがとう」

店主の心意気に感謝をしながら俺は肉串を受け取って口にする、甘辛い味付けのタレがたっぷりとしみこんだ肉は表面がカリッと焼けていて香ばしく、噛みしめると同時に凝縮された肉の旨味が口いっぱいに広がる。同時にキノコの風味も鼻孔を刺激してくる。

「なに、これうますぎる!!」

「これは……想像以上ですね!!」

噛めば噛むほど肉の旨味が感じられ、タレの風味も相まってなんとも絶品だった。下手したら異世界に来て食べたもので一番うまいかもしれない。

これは確かにゲームキャラ達も食べるだけで体力が回復するだけでなく好感度が上がるわけだ。

ゲームでは何を大げさな……と思っていたが想像以上だった。

「本当だ、キノシシの肉うめえ!!」

「はは、これもヴァイス様のおかげだぞ。あの人がたまたま見つけて何匹か狩ってきたらしい」

「すげーー、少し前まではどうなるかと思っていたけどハミルトン領に住んでいてよかったぜ」

俺達につられてか、キノシシの串を注文した客達が口々に感想を口にする。中には俺の頑張りを認めるものもあって……俺とロザリアは顔を見合わせて頷いた。

ちょっとずつだけど、俺の評判もハミルトン領の領民達の笑顔も増えているのだ。

「じゃあ、また来るよ」

「ああ、いつでも待っているからな!!」

客の対応に忙しくなってきた店主に別れを告げて屋敷へと向かう俺達の足取りは軽かった。


屋敷に戻った俺達を待っていたのはなぜかにやにやと笑っているメグだった。

「また二人でお出かけしていましたね。私も誘ってくださいよー」

「メグ……私達は街の視察に行っていたのです。決して遊んでいたわけではありませんよ」

「ふーん、わざわざ朝早くに起きて髪を梳《す》いて、オシャレな小物を身に着けた上に普段はつけない香水もつけてたのにただの視察なんだーー!!」

「なっ……」

メグがにやにやとしながら言うとロザリアの顔が赤く染まる。確かに今日のロザリアは当社比一・二倍くらいかわいかった気がする。ちゃんと褒めればよかった……。

そして、俺とロザリアの反応を見て楽しそうに笑みを浮かべながらメグが言う。

「聞いてくださいよ、ヴァイス様。この子ったら、昨日は鏡の前で何回も……」

「メグ……それ以上言ったらどうなるかわかっていますね？」

「あ、私、仕事があるんだった。失礼しまーす」

にっこりと笑ったロザリアの迫力にメグは慌てて逃げ出した。鏡の前でなにをやっていたんだろうな？　気になるが聞いても答えてくれなさそうである。

「メグの言うことは気にしないでくださいね」

「あ、ああ……」

「それでは湯あみをしたら正装に着替えましょう。ちょうど準備が整う頃には皆さんも到着すると思います」

メグに向ける笑みとは違う本当の笑みを浮かべるロザリアに見守られながら、俺はパーティーの準備をするのだった。


「ああ、神獣様……私をお救いください……」

「きゅーーきゅーー!?」

正装に着替えた俺を待っていたのは、困惑の声を上げているホワイトをモフモフしているアステシアだった。パーティーに出るということで彼女もまた、いつもの法衣《ほうえ》ではなく淡いラベンダー色のドレスに身を包んでいる。だが、その表情は普段のクールな様子はどこに行ったやら不安の色に染まっている。

なにをやっているんだよ……などとは思わない。彼女はこれまで不特定多数の人間の悪意にさらされてきたのだ。むしろ人間不信を押し切ってまで俺の生誕祭に参加すると言ってくれたことに感謝している。

こんな風に他人が多い所に姿を表すなんてゲーム時代の彼女では考えられないことだからな。

「大丈夫か、アステシア……？　しんどいなら今日は休んでいてもいいんだぞ」

「平気よ……私はあなたの専属プリーストですもの」

俺に気づいた彼女は何事もなかったかのようにいつもの無表情ですっと立ち上がる。だが、足は震えており、瞳の奥から不安そうなのがわかる。

「アステシア……いっしょにいてくれてありがとう」

「な、ちょっと……」

彼女の不安を少しでも解消できたらなとその手を握って俺は微笑む。彼女も握り返してくれるってことは嫌ではないのだろう。

ふははは、推しになって推しと手を繋ぐ。これはもう天国では？

「ホワイトはアステシアと一緒にいてくれ。プリーストと神獣は絵になるからな」

「きゅーきゅー」

「ヴァイス……ありがとう。あなたのそういうところ嫌いじゃないわよ」

無表情な彼女の俺を握りしめる手が強くなる。さりげない優しさのつもりだったがあっさりと気づかれてしまったようだ。

ちょっとくやしいというわけではないが、驚かせたくなったので耳元でそっとささやく。

「そのドレス、アステシアの髪色と白い肌にとっても似合っているな」

「な……そういうことは最初に言いなさいよ、馬鹿!!」

「きゅーーきゅーー!!」

顔を真っ赤にしたアステシアに睨まれながら、俺達はパーティー会場に向かうのだった。


扉を開くと、そこでは何人もの貴族や、付き合いのある商人達がすでに歓談していた。アイギスとナイアルがこっそりと手を振ってくれて、ラインハルトさんが落ち着くんだよと目で語りかけながらこちらに微笑んでくれる。

ロザリアとメグは客達に不便がないようせわしなく動き回っており、ホワイトを肩に乗せたアステシアはアンジェラと共に、俺を見守るかのように視線を送ってきてくれている。

ここが正念場だ。俺の……ヴァイスの晴れ舞台なのだ。

あいにく義妹のフィリスは学校の行事があって来られないらしいが、今はそれで助かったと思う。まだ、彼女と相対する心の準備はできていないからな。

そして、みんなの前に立った俺は深呼吸をして口を開く。

「皆様、このたびはわたくしの誕生パーティーに足を運んでくださりありがとうございます」

形式的な挨拶をして鏡の前で何度も練習したお辞儀をすると拍手に包まれる。そして、俺はこれまでのことを思い出しながら、頭を上げて続ける。

「こんな日です。堅苦しい挨拶はなしにしましょう。わざわざ足を運んでくださった皆様に私からサプライズがあります。ロザリア!!」

「はい!! こちらはヴァイス様自ら狩ったキノシシと神霊酒となります!!」

ロザリアがキノシシのステーキと、木の洞にあったお酒を持ってくる。神霊酒というのは俺が勝手につけた名前だ。前の世界では猿酒とか呼ばれていたがこの世界には猿はいないからな。

それにこの名前の方が特別感もあるから結果オーライだろう。

「おお、これが噂のキノシシですな!! 屋台で売っていたのには驚きましたが、まさか本当にヴァイス様が狩っていたとは……」

「神霊酒? ワインとは違うのかな?」

サプライズは大成功のようで来客者達は大盛り上がりである。俺がほっと一息ついているとグラスに神霊酒が注がれる。

もちろん、ロザリアだ。

「以前のことがあるから一応お酒は控えめにしているんだけどな」

「こういう時くらいは飲んでいいんですよ。それに、またヴァイス様がだめになりそうになったら今度はちゃんとお説教しますからご安心くださいね」

「そりゃあ、こわいな。ありがとう。もう、酒に溺れることはないよ」

軽口をかわしながらごくりの飲み干すと果実の凝縮された甘みと共にアルコールが突き抜ける。くぅーーーうまい!!　などというわけにもいかず、俺は笑顔を浮かべて挨拶に来る来客達の相手をするのだった。

ラインハルトさんとアイギスから祝いの言葉をもらい、ナイアルと軽口をかわして、一通りの挨拶を終えた俺は、アイギスがさっきからこちらを見ては目の前を行ったり来たりしているのに気づく。

挨拶は終えたはずだが……どうしたんだ？

怪訝な顔をしているとラインハルトさんが苦笑いをしているのに気づく。そして、彼は俺の視線に気づくとアイギスを指さし軽く頭を下げる。

彼女の面倒を見てくれということだろうか？

「どうしたんだ、アイギス？」

「ヴァイス……私ね、ダンスの練習をしたの……苦手だけどすっごく頑張ったのよ」

「ああ、そうか、すごいな」

「むぅーー」

珍しく歯切れの悪い彼女の言葉の意図が読めずにそう答えると、なぜか唇を尖らせた。正直俺は混乱していた。だって、彼女がゲームでダンスを踊るシーンなんてなかったのだ。貴族令嬢でありながらどちらかというと敵と切り結んでいる方が性に合うという彼女がなぜダンスの練習を……？

そこまで考えて俺は一つの事実に気づく。

「もしかして、アイギスは俺と踊ってくれるのか？」

「ええ、そうよ。もちろん、ヴァイスが嫌じゃなければだけど……」

顔をパーッと輝かせた彼女は、もじもじしつつも俺に手を差し伸べる。赤い髪に映えるように水色のドレスをまとった彼女はなんとも可愛らしい。

しかも、上目遣いでこちらのエスコートをねだる姿は幼いながらなんとも魅力的で……こんな美少女のお誘いを断ることができる人間なんているだろうか？

「もちろん、俺の方こそ頼む。その……俺もあんまり上手じゃないから期待するなよ」

「うふふ、大丈夫よ。ヴァイスと踊れるだけで嬉しいんですもの」

彼女の手を取ると同時に、会場内でワルツの演奏が始まる。まるで俺達の準備が整うのを待っていたかのタイミングに少し驚きながらダンスを始める。

アイギスのダンスはお世辞にも上手とは言えなかったが、その顔からは一生懸命さが伝わってくる。

こういう時にリードできてこその男だよな!!

もちろん、前世の俺にダンスの経験なんてない。だけど、アイギスのパーティーの時のためにロザリアと特訓したことと、ヴァイスがしっかりと学んでいたからだろう、この体が覚えているのだ。

音楽にあわせつたないステップを踏んでいるアイギスの手を優しく握って微笑むと彼女は安心したかのか、その表情を柔らげ、曲が終わるころには笑みを浮かべていた。ゲームでいつも殺気立っていた彼女が嘘のようで俺は本当に嬉しくなった。

そして、周りの人々も俺達に続くように踊り始め……パーティーは大成功を収めたのだった。


「ふー、疲れたけど楽しかったな……」

「きゅーきゅー」

パーティーが終わり来客達を見送った俺は、ホワイトを肩に乗せて、片付けられたパーティー会場でなんとなくぼーっとしていた。

「ここにいたのですね、今日はお疲れでしょうから、早くお休みにならないと明日のお仕事に響きますよ」

「ロザリアか……みんなが来てくれて嬉しかったなって思ってさ」

「そうなんですね。私もヴァイス様が皆様に祝ってもらっていてとても嬉しかったです」

俺の横に来るとロザリアもまた、パーティー会場を眺める。彼女の表情は幸せそうで、お互い会話はないけれど、気持ちを共有できているのがわかった。

そう、このパーティーは俺達の努力の結果なのだ。本来だったらハデス教に利用されるヴァイスだったが、未来を変えることに成功し、みんなに祝福されるようになった。そして、アイギスやアステシアはもちろん、カイゼルやハミルトン領の領民だって救うことができた。

それは俺の力だけじゃない。俺を……ヴァイスを信じ続けてくれた彼女がいたからこそ、成し遂げることができたのだ。

「ロザリア、本当にありがとう」

「ヴァイス様……？」

きょとんとした顔のロザリアを見て思わず笑ってしまう。なんでお礼を言われたか、彼女にはわからないのかもしれない。

だから、言葉にして伝えなきゃな。

「俺をずっと支えてくれたお前に感謝しているってことだよ」

「うふふ、ありがとうございます、ヴァイス様。では、感謝のかたちというわけではないですが一つわがままを言ってもいいでしょうか？」

二人で見つめあっていると、ロザリアが恥ずかしそうに微笑む。いったいなんだろうか？

無言で次を促すと彼女は顔を赤くして言った。

「その……メイド風情でわがままだとは思いますが、私とも踊っていただけないでしょうか？」

「え……」

「アイギス様と踊っているのを見てうらやましいなと思ったもので……きゃっ!?」

「そのくらいお安い御用だ」

もじもじとしているロザリアの手を取って、俺はステップを踏む。すると彼女はすぐに俺にあわせてくれた。

やはり、ロザリアは俺を知り尽くしてくれているな。

ゲームとはだいぶ展開が変わってしまった。これからどんなことが待ち受けているかはわからない。だけど、ロザリアやみんなとだったらどんな困難も乗り越えられる。そんな気がするのだった。

あとがき

初めまして、高野《たかの》ケイと申します。もし、他の書籍シリーズも読んでくださって初めましてではない方がいたら無茶苦茶嬉《うれ》しいです。皆様この本を手に取ってくださりありがとうございます。

この作品は元々カクヨムと小説家になろうというサイトに投稿していた小説が書籍となったものです。

個人的な話で恐縮ですが、私がウェブ小説を知ったのは異世界転生ものがきっかけだったので、私の書いた異世界転生ものが書籍になると決まった時はとても嬉しかったです。実際本になり、表紙や挿絵を見ると色々と実感がわいてきますね。

せっかくなのでこの作品に触れようと思います。ネタバレはないのでご安心を。

私は元々主人公よりも悪役キャラが好きでした。物語というのは主人公だけでなく、魅力的な悪役やライバルがいてこそ輝くと思います。

主人公と似た境遇だったのに、一歩間違えて破滅してしまう悪役。圧倒的な力がありながらも、主人公達の団結の力によって敗北する悪役など様々な魅力的なキャラがいます。
子供の頃からの自分がこの悪役だったらこうしていたのにという妄想と、悪役キャラを救いたいという気持ちが凝縮されたこの作品をお楽しみいただけたら幸いです。

本編を読み終わって二巻も読みたいな、この作品面白いなって思われたら通販サイトのレビューや、ＳＮＳなどに感想をつぶやいてくださると嬉しいです。多分エゴサしているのでファボを飛ばしに行きます（笑）。読者様の声が作者のモチベーションや続刊につながりますので、ＳＮＳなどで反応をくださったらとてもありがたいです。

最後になりましたが謝辞を
素晴らしいイラストを描いてくださったイラストレーターのｋｏｄａｍａｚｏｎ様、ヴァイス君やヒロイン達を、私が頭の中で思い描いていたよりも、何倍も可愛《かわい》らしく書いていただきありがとうございます。
また、担当編集の西村《にしむら》様、山口《やまぐち》様、本作を読んでくださった読者様、皆様のおかげで一冊の本になることができました。
それでは、ぜひまたお会いできることを祈って。

電撃の新文芸

悪《あく》役《やく》好《ず》きの俺《おれ》、推《お》しキャラに転《てん》生《せい》
～ゲーム序《じょ》盤《ばん》に主《しゅ》人《じん》公《こう》に殺《ころ》される推《お》しに転《てん》生《せい》したので、俺《おれ》だけ知《し》ってるゲーム知《ち》識《しき》で破《は》滅《めつ》フラグを潰《つぶ》してたら悪《あく》役《やく》達《たち》の帝《てい》王《おう》になってた件《けん》～

著者／高《たか》野《の》ケイ
イラスト／kodamazon《こだまぞん》

2023年11月17日　初版発行

発行者／山下直久
発行／株式会社ＫＡＤＯＫＡＷＡ
〒102-8177　東京都千代田区富士見2-13-3
0570-002-301（ナビダイヤル）
印刷／図書印刷株式会社
製本／図書印刷株式会社

【初出】……………………………………………………………………………

本書は、カクヨムに掲載された『悪役好きの俺、推しキャラに転生～ゲーム序盤に主人公に殺される推しに転生したので、俺だけ知ってるゲーム知識で破滅フラグを潰してたら、悪役達の帝王になってた件～おい、なんで主人公のお前も舎弟になってんだ?』を加筆・修正したものです。

ISBN978-4-04-915032-2　C0093　Printed in Japan

ファンレターあて先
〒102-8177
東京都千代田区富士見2-13-3
電撃の新文芸編集部

「高野ケイ先生」係
「kodamazon先生」係

悪役王子の英雄譚
～影に徹してきた第三王子、婚約破棄された公爵令嬢を引き取ったので本気を出してみた～

婚約破棄から始まる悪役王子のヒロイック・ファンタジー！

著／左リュウ
イラスト／天野 英

王族で唯一の黒髪黒眼に生まれ、忌み嫌われる第三王子・アルフレッド。無能を演じ裏から王国を支えてきた彼はしかし、第一王子に婚約破棄された公爵令嬢を救うため悪役を演じるものの、何故か彼女はアルフレッドの婚約者になってしまい!?

――影に徹するのは、もう終わりだ。

ついに表舞台にでることを決意した第三王子は、その類まれな才覚を発揮し頭角を現していく。

物語の黒幕に転生して
～進化する魔剣とゲーム知識ですべてをねじ伏せる～

著／結城涼
イラスト／なかむら

超人気Webファンタジー小説が、
ついに書籍化！
これぞ、異世界物語の完成形！

世界的な人気を誇るゲーム『七英雄の伝説』。その続編を世界最速でクリアした大学生・蓮は、ゲームの中に赤ん坊として転生してしまう。赤ん坊の名は、レン・アシュトン。物語の途中で主人公たちを裏切り、世界を絶望の底に突き落とす、謎の強者だった。驚いた蓮は、ひっそりと辺境で暮らすことを心に決めるが、ゲームで自分が命を奪うはずの聖女に出会い懐かれ、思いもよらぬ数奇な運命へと導かれていくことになる——。

うちの勇者ちゃん達がレベル99になっても初心者の館を卒業しない件について

最強で初心者な4人組が織りなす、
冒険と言う名の
ゆるふわスローライフ！

勇者ミナ、騎士ユルエール、魔法使いリリィ、僧侶シャノ。彼女たちはいつか歴史に名を残すような立派な冒険者を目指す女の子の４人組……にも拘らず、未だに初心者の館を卒業できずにいた……!!

でも彼女たちはまだ知らなかった……初級クエストに挑戦しては失敗し続けた結果、経験値だけがとんでもなく溜まり、いつのまにかレベル９９になっていたことを――。

著／時田 唯
イラスト／たかやKi

電撃の新文芸